月の炎

女流陶芸の先駆・月谷初子

桑原恭子

風媒社

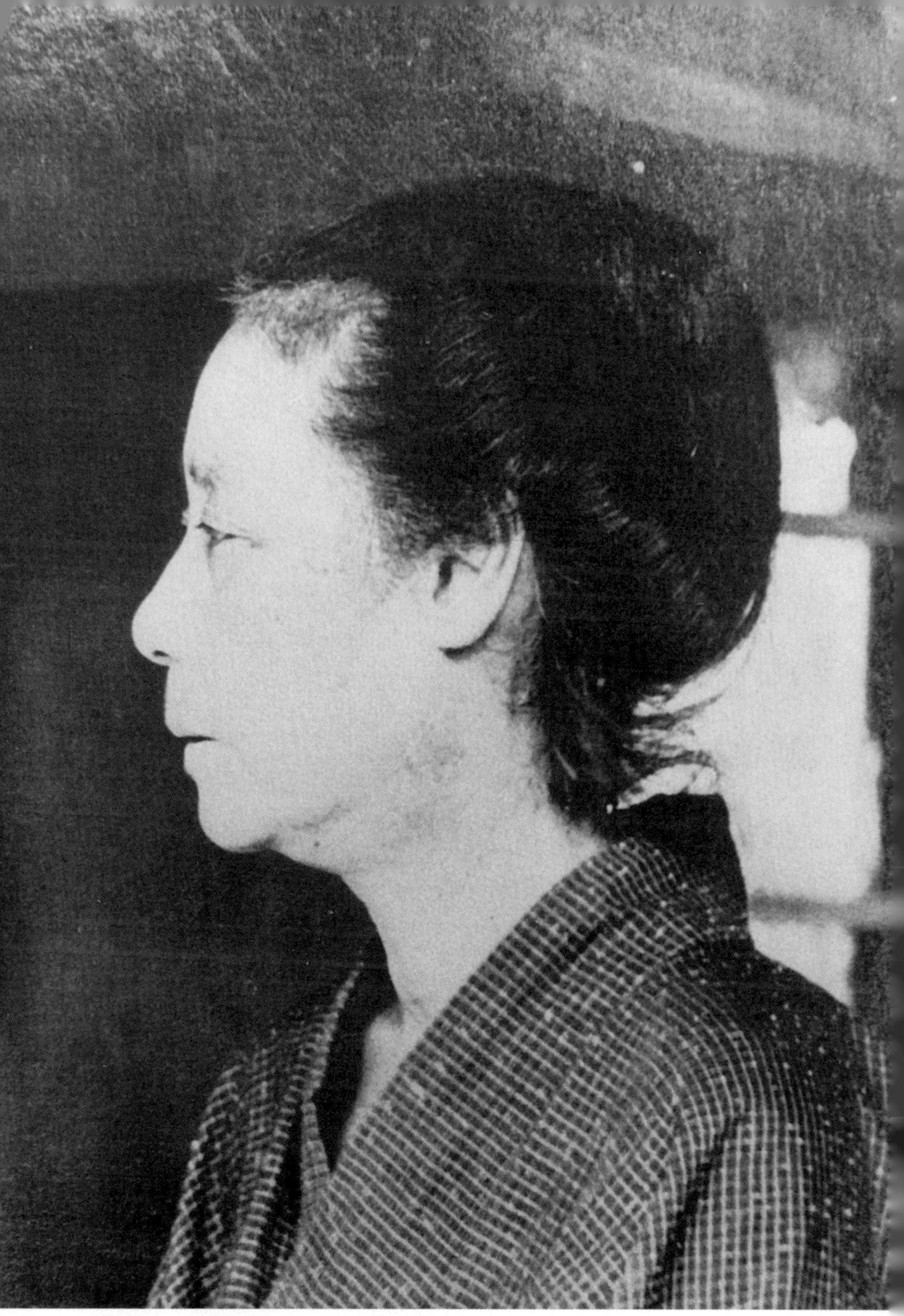

御器所（鶴舞東）時代（昭和初めころ）の月谷初子。
若かりし頃さぞかし美人であったろうという面影がうかがえる

月谷初子作　陶彫「春」
優しくふっくらとした表情がなんともいえぬ美しさをかもしている。見る角度や光線の加減で全く表情が変わって見える不思議な作品。上部から光が当たった時にはふっくらとした頬が細く、表情もきりっとしまって見える。代表作。高さ27cm

「虞美人」　高さ22cm

「魚藍観音」　高さ40cm

月の炎――女流陶芸の先駆・月谷初子　**目次**

作品撮影＝中川幸作

序章　出生の謎

昭和二十年二月十九日払暁。——

その朝、名古屋市東部の丘陵地に建つ市立施療院の病室で、一人の女流陶彫家がひっそりと、七十六年の波瀾の生涯を閉じた。彼女の名は乾《いぬい》はつ。自ら号した名は月谷初子。明治の美術彫刻界を、明々と光芒を曳いて彗星《すいせい》のように駆けぬけた彫刻家である。

その出発は明治十四年に遡る。その年十二歳の若年で小倉惣次郎に入門し、洋風彫刻の道を歩みはじめた初子は、やがて二十九年秋、東京上野でひらかれた彫工会展に、牙彫《げぼり》の『布袋』像をひっさげて初登場し、銅牌を授かっている。そしてそれを皮切りに、三十二年秋の彫工会展まで、春は石膏作品で美術協会展に、秋は牙彫で彫工会展にと、毎年精力的に挑戦して、そのつど賞をさらった。しかもいずれの作品も、農商務省だの宮内省だの、あるいは皇室の御用品などとして買いあげられるという、栄光に浴した。

新鋭の女流彫刻家として、初子の前途は文字通り洋々としてみえた。このままこの道を歩みつづければ、いずれ必ず彫刻界に押しも押されもせぬ地歩を築くことは、まちがいないと思われた。

ところが初子は、三十二年秋の彫工会展に『哭』と『虫の音』の二作品を送ったのを最後に、展覧会はむろん、公の場すべてから、忽然と姿を消してしまった。

原因は恋だった。しかもその恋は、初子の彫刻家としての将来も生活の安泰も、許さないものであった。栄光と安泰を約束された道を取るか、恋を取るか。瀬戸際に立った初子は、ためらうことなく恋を選んだのである。そして、十歳年下の世間知らずの若者と手に手を取って、野に身を潜めた。

しかし、ひとたび初子を美術の世界へ引き込んだ運命の糸は、簡単に切れはしなかった。野から野へ、旅から旅へ、恋人とともに新生の地をもとめてさすらう初子を、運命は名古屋の御《ご》器《き》所《そ》の地に掬いあげ、新たに陶彫家として甦らせたのである。

明治三十二年秋に美術界を去って十五年。その間に溜めに溜めていた思いと技を一気に吐き出すように、初子は猛烈な勢いで作品を生み出している。その内容も、門付け万歳から小野小町、大黒《だいこく》、布袋《ほてい》、観音、あるいは李白《りはく》、陶淵明《とうえんめい》、寒山拾得《かんざんじっとく》、虞美人《ぐびじん》などなど、日・漢の民俗、信仰、歴史と多種にわたり、しかも西洋の写実《リアリズム》と日本の伝統的美学が融合して、陶彫の世界に新しい息吹をもたらしたと言える。

だが、それだけの足跡を遺しながら初子の晩年は浮き沈みが激しく、恵まれた晩年とは言いがたい。

名古屋・御器所の地に第二の花を咲かせたとたんに、第一次大戦の不況に見舞われるという不運もあったが、何よりも金銭感覚の欠け落ちた型破りな生活ぶりが、初子の足元を掬った。たとえば、作品が何点か売れて少々まとまった金が入ると、弟子から職人、日頃世話になっている支援者らを招いて料亭にあがり、ときには芸者まで呼んで飲めや唄えの大盤振舞をやらかす。外出には、行先が三百メートル離れていれば人力車を呼ぶ。しかもお姫《ひい》様育ちで、女の仕事どころか米の炊き方も知らないありさまで、身辺から女中を離せなかった。

陶彫の腕はたしかでも、商才はなく、にもかかわらず贅沢に気侭に、借金に追われて暮らした初子が、その最期を施療院の一室で迎えたのは、当然の帰結であったかもしれない。けれど、そのために初子は不仕合わせだったろうか。哀しかっただろうか。いや、私にはむしろ、明治という女性差別の色濃い社会のなかで、それをものともせずに恋に殉じ、そしてなお己の生き方を貫いた女の、凛然とした姿が見えている。

その生き方の基となったものは、出生とか親子・人間関係にあったと考えられるが、残念ながらそれらは謎に包まれている。初子が自分について殆んど語らなかったせいもある。そしてそこには、語るに語れない暗い影が立ちはだかっていたのかもしれない。

明治二年、初子は麻生内藤家屋敷内に、呱々《ここ》の声をあげた。錦の御旗をかかげた官軍が、ピーヒャラ、ピーヒャラと鳴り物入りで江戸へ進攻してきた、その翌年である。

昨日までの覇者徳川慶喜はすでに大政を奉還し、江戸城を出て駿府に蟄居《ちっきょ》している。だが江戸は東京と名を改め、新政府が発足しても、国家のかたちはまだ海のものとも山のものとも定まりかねていた。この年の早々に薩長土肥の四藩が版籍奉還を上表し、各藩もこれに習いはしたものの、武士階級は存続したままで、旧藩主もそのまま新しく制定された藩知事に任命されるという状況にあった。

変わったのはただ、旧藩主が持っていた領主権がなくなり、藩は知事の私有物でも独立した存在でもなく、中央の新政府の下に置かれた点だった。

とはいえ、武士たちの動揺は大きかった。明日が見えない状況下で領地を失い、禄を失い、路頭に迷う者が続出した。

初子の生まれた内藤家とて、同様であったにちがいない。内藤家がどのような家柄で、どれほどの禄を得ていたかわからないが、『江戸・東京大地図』によれば、麻生には当時、内藤能登守と内藤因幡守の屋敷があったと記されている。このどちらかの屋敷で、初子は生まれたらしいのだが、そのいきさつは不明である。

初子は後年、自分の生まれた家の姓は月谷であった、と人に語っているので、乾というのは養女にもらわれていった家であることはたしかであるが、この月谷、乾、内藤の関係はまったくわからない。

ただ、可能性の高いところから推理するなら、初子の母親は内藤家屋敷に仕えていた月谷氏出の女で、初子はその月谷某女と内藤家当主とのあいだに生まれた、庶子であったと考えられる。

また、初子を養女にした乾与兵衛は内藤家の家臣で、それも江戸家老を勤めるほどの人物だったのではないか。

徳川幕府さえ安泰ならば、内藤家としても、庶子とはいえ当主の血を引く姫を、生まれたそばから家臣に引渡したりはしない。しかし、ときはご一新である。徳川家でさえ存亡定かでないときに、たかだか二万三万石の小名が、側室の腹に生まれた女児を、七つ八つの年頃まで養って、相応の家に嫁入らせるようなゆとりはない。それどころか、内藤家の当主は、徳川家危うしと見るや否や、腹部の目立ちはじめた側室と、腹の児の処置を乾与兵衛に託して、早々と国元へ引揚げてしまった、ということもあり得る。

そうして月谷某女は初子を生みおとすと、実家の月谷家へもどり、初子は与兵衛の長女として届けられた。おそらく内藤家から、相応の養育費が与兵衛に渡されたであろう。げんに与兵衛は、突然元手を得て、一時期横浜で商いをしていたといわれる。

以上は、初子が娘の年頃になっても、家事をまったく仕込まれず、武家の子女のような高い教育を授かっていること、女の身で堂々と西洋彫刻の門を叩いていることからみても、さほど的はずれな推理ではないはずである。また、長い流浪のなかで、食べるために内縁の夫とともに屋台を引いたり、陶彫作品を焼く薪にも窮して、ついに家の床板を剥がして薪にしたり、最晩年は孤独のなかで死を迎えながら、決して弱音を吐かなかったのは、初子のなかを強く武家の矜持が流れていたせいではないか、と想像される。

第一章　西洋の風

一　初子の嘆願

横浜は日ごとに西洋人の姿が増えてくるようだった。特に、西北に富士山を望み、東南に港を見下ろす此処掃部《かもん》山一帯には、パラソルをさし長いスカートを揺らして、散策を楽しむ女たちの姿が目についた。

——西洋の女は、どうしてあんなに明るくて、大きく堂々としているのだろう。

高台の道を高声に喋りながら、初子たちを追いぬいて行った、三人の女の後姿を目で追いながら、初子は羨望をこめてそう思った。

西洋人を見るのは、なにもいまがはじめてではなかった。二年前横浜へ移る前、東京でも二・三度行き会ったことがある。けれどそのときは、年齢が幼かったからか、風変わりな人形を見るような、物珍しさを覚えただけであった。だがいま横浜の明るい陽光の下で見る西洋人たちは、人形どころか、まるで光の国からやってきた女王のように、明るく華やかで堂々としていて、初子を圧倒するのだった。それは彼女たちの容姿というより、彼女たちの体躯から放散される文明のにおい、豊かな暮らしのにおい、そういったものからくる自信のにおいなのかもしれない。

——この人たちと友達になって、西洋の話を聞きたい。

初子はまたそう思い、西洋の言葉を知らない自分が口惜しかった。と、不意に背後から、女中の千代が躰を押しつけてきて、耳元へ囁いた。

「見ましたか。いますれちがった男と女、手を握り合ってましたよ。西洋人は真っ昼間から、人前もかまわず男と女が抱擁するって言いますよ」

「およしなさい、そんないい加減な噂話は」

と初子は咎めながら顔を赤らめた。千代が何を言おうとしているのか、漠然とながら察しがつく。そしてそれは十一歳の少女が聞いてはならないことのように、思えるのだった。

「でもお嬢さま、わたし先日、旦那さまのご用でお店のほうに書付をお届けしたとき、帰りに公園を通って、本当に見たんですよ」

千代は、いい加減と言われたのが不服そうに言った。港近くに店を構える初子の養父のもとへ届け物をして、帰りに横浜公園をぬけて行くなかで、肩を抱きあい、お互いの顔をくっつけあっているる金髪の男女を見たというのである。

千代は乾家が横浜に移って以来の女中で、今年十五歳になる。が十五にしては躰もまるまると大きく早熟だった。当面の興味はもっぱら男と女のことにあるらしく、初子の外出に付き添うたび、その口から下世話な男女の話が出て、初子を閉口させた。

「千代はもう、他人《ひと》のそんなところばかり見てるんだから」

初子はそう言うと、いきなり走り出した。千代は足が遅い。四歳も年上なのに駆けっこするたび初子に負けた。

家にもどると、養母が琴の師匠と話しこんでいた。初子は肩をすくめた。琴の稽古日であるのを忘れていた。

「またどこかで道草をしてましたね」

養母は一言そう叱ってから、初子が掃部山裏の浄円寺から預ってきた封書を開いた。そして目を通しながら、

「和尚さまもお庫裏《くり》さまも、お変わりありませんでしたか」

と訊いた。初子は封書を包んできた袱紗をたたみながらこたえた。

「はい。お庫裏さまにはお茶やお菓子をご馳走になりました。二十日にはお待ちしておりますとのことでした」

乾家の先代の法要を浄円寺で営むことになっていた。封書は、そのこまごまとした手順を、和尚が書いてくれたものだった。

養母は言い訳のように、横浜へ移って以来法要の寺も変えたこと、同じ宗派でも何かと勝手がちがって困ることなどを、琴の師匠に告げると、ようやく自室へ引揚げていった。

初子は琴を取り出した。だが稽古は身が入らなかった。もともと養母の命令でしぶしぶはじめた習い事で、琴も茶花も好きではない。そんなものより、初子は彫り物が好きだった。ありあわせの木片を、手近な道具でこつこつ削っているときは、雑念も時間も忘れるほどだった。

木片は物置にいくらもあったし、手本は身辺に猫も犬も鳥もいた。また浄円寺の脇堂には沢山の木像がしまいこまれていた。そのなかには、初子がいつか手本にしてみたいと思っている仏像もあった。

——今度、スカートをはいた西洋の女を彫ってみようかしら……。

そう思ったとたん、爪が滑った。跳ねあがった音に師匠が眉をひそめた。

「おさらいもできていないし、とんと上の空ですね。こんなことでは上達しませんよ」

小言を残して師匠が帰ると、初子は押入れをひらき、柳行李を引っぱり出した。猫や鼠、雀などさまざまな彫り物が、完成未完成とりまぜてしまいこんであった。心残りな未完成品もあった。むつかしくてやめてしまった猿である。床の間の掛軸の絵を手本にしたのだったが、絵のように彫れない。顔がまるで彫れないのである。

この猿が彫れなくては、西洋女もできっこないかもしれない。と思いながら考えこんでいると、また時間を忘れた。

手元が薄暗くなっているのに気付いたとき、養父母の部屋に呼ばれた。

与兵衛が店からもどっていて、養母に着替えを手伝わせながら、

「はつに縁談が来おったわ」

と笑顔で言った。

「まあ……」

と初子は顔をこわばらせた。

「でもお父さま、わたくしはまだ十一歳です」

「そのとおりだ」

与兵衛は笑顔のまま頷いた。

「たしかに婚礼には早すぎる。しかし婚約なら不都合はなかろう」

「そうですとも」

と養母が口を添えた。

「いいお話ですよ。先さまは商家だそうですが、うちだっていまや商家ですからね」

初子は目を宙に据えた。ふと実母を思った。母を懐かしんだのではない。生みの母なら、こんなときどう言うだろうと思ったのである。

月谷の実母には、在京中に一・二度会っていた。最初は三歳か四歳頃、向こうから会いにきたと聞くが、これは記憶にない。二度目は七歳のときで、実母に後妻の話がきまり、別れのために月谷家へ呼ばれたのであった。まだ三十前のその人は、小娘のような雰囲気を漂わせる美しい人だった。しかし、乳をふくんだこともないその人への思慕は、初子にはなかった。

「はつが承知なら、一度先方の男に会ってみるか」

と与兵衛が言っていた。初子は視線を真直ぐ与兵衛に向け、背筋をのばした。

「お父さま、お願いがございます」

「うん？　なんじゃその顔は」

初子の改まった口調にたじろいだように、与兵衛は目を剥き、初子の顔をのぞきこんだ。初子は大きく息を吸い、一気に喋りだした。

「お父さま、どうか一つだけ、はつの我侭をお聞き届け下さい。わたくしは、ご存知のように彫り物が大好きで、以前から我流で木切れを刻んで参りました。お母さまには、そんなことは男のすることだと叱られながら、彫りつづけて参りました。でも所詮は手慰みの域を出ません。われながら拙《つたな》い出来栄えだと思っております。お父さまお母さまには、それで結構とお思いかもしれませんが、はつは口惜しゅうございます。どうかせめて一年でも、その道の師匠について学ばせて下さい。それで見込みがないと言われたら、きっぱりと諦めます」

口にしてみると、それは実はながいあいだ初子のなかで自問自答されてきたことだとわかった。

しかし与兵衛は返答に詰まり、妻と顔を見合わせた。与兵衛も初子の風変わりな好みは知っていた。だが所詮子供の遊びと思い、黙認してきた。それがいま遊びをぬけだして、成虫になろうとしているのだった。

「だが、はつ」

与兵衛は腕組みして、言った。

「事実、彫り物は男の世界の仕事だ。ましてはつのように若い娘を弟子にするような、物好きな彫り物師はいないだろう。わたしとしても世間体というものがある。その辺の荒くれた安彫り物師なんぞのもとへ、おまえを預けるわけにはいかん」

「それでしたらご心配要りません」

と初子は膝をのり出した。

「東京に、工部美術学校という立派な学校がございます。政府の学校ですから、家の恥にはなりません。彫刻を教えているのは、ラグーザというイタリアの先生だそうです」

「イタリア人だと！」

与兵衛は声を上擦《うわず》らせた。

「そんな男の弟子になりたいのか」

「ご心配にはおよびません。わたくしのように下地のない者は、そこへ入学したくても出来ないでしょう。ですから向島の小倉惣次郎先生に弟子入りさせて下さい。小倉先生は美術学校外でラグーザ先生の教えを受け、いまは水戸屋敷で弟子を指導しながら、洋風彫刻のお仕事をなさっておられます」

与兵衛は目を白黒させた。

徳川家が倒れ、明治へ時代が変わって十余年。かっての藩は県へと名も形態も変わり、旧貨幣は一両が一円となり、暦も太陽暦に変わった。しかもこの間に、政府要人の暗殺や権力争いや政変やらと、この国は揺れ動きつづけていた。

国の在りようは、その下に生きる者の暮らしにかかわることなので、与兵衛としても息を詰める思いで、時代の動きをみつめてきた。だが初子の話は、与兵衛の知らぬことばかりであった。

「いったいどういうことなのか、もう一度最初から詳しく話してくれぬか」

与兵衛は嘆息して、そう言った。

工部美術学校は明治九年に新政府によって創設された、名のとおりの美術学校である。絵画と彫刻の二学科にわかれ、イタリアから招かれた三人の画家と建築家、それに彫刻家が指導にあたっていた。なかでもヴィンチェンツォ・ラグーザは、母国イタリアですでに高い評価を得ている彫刻家で、新政府は破格の待遇で彼らを招聘《しょうへい》したのである。これには、新時代にふさわしい文化を西欧から吸収しようという政府のもくろみがあったが、いま一つ、日本彫刻界のいちじるしい衰退が背景にあった。

日本における彫刻界は仏師をはじめ、根付師、人形師、節句の雛飾りを作る雛師、堂塔の装飾を彫る宮彫師などが古くから活躍してきたが、江戸時代に入って仏教界の腐敗がひろがり、それにともなって仏像彫刻も衰退の道をたどった。そこへもって明治維新という政治・社会の大転換を迎え、諸大名や寺社からの注文が絶え、仏師はもちろん、ほとんどの細工物の職人たちが生計の道に窮した。

さらに追い打ちを加えたのが、明治初年に出された神仏判然の令である。これは古くから行なわれてきた神仏混合を分離区別して、宗教界の近代化と立て直しをはかろうとするものであったが、これを仏教否定とうけとった復古主義的神道者の《廃仏《はいぶつ》毀釈《きしゃく》》を招き、多くの寺院が破壊されるに至った。

このため細工物師たちはいよいよ仕事を失い、やむなく、横浜にやってくる欧米人相手の木彫置物や牙彫《げぼり》などをして、糊口《ここう》をしのぐことになった。

牙彫とは、江戸時代から、印籠《いんろう》や煙草入れ巾着《きんちゃく》など腰下げ物のすべりどめの根付として流布していたもので、この日本独特の精巧な細工が欧米人に珍しがられ、需要がひろがったのである。

工部美術学校の創設には、こうした状況を憂えた政府の工芸再興の願いがあった。

もちろん初子はそこまで知っていたわけではないが、もともと関心の深い世界のことである。どこでどんな人物が荒波をかいくぐって活躍しているかくらいは、寺の和尚とか貸本屋の主人、あるいは茶席の雑談のなかから拾い出すのに、それほど苦労はいらなかった。拾い集めた小さな手がかりをもとに、初子はおこたりなく情報をふくらませてきたのだった。

二　小倉惣次郎に入門

二台の人力車をつらねて与兵衛と初子は向島へ急いでいた。

人力車に乗り換えてからすでにどれほどときたのだろう。新橋駅から築地へ出て猪牙舟《ちょきぶね》で隅田川を遡行し、舟に馴れない与兵衛の頼みで両国へあがり、人力車に乗り換えるというあわただしい向島行だった。西へ傾きかけた陽の色がまぶしい。

初子はまた大きく息をついた。横浜の家を出て汽車に乗ったときからつづいている胸の高鳴りが、ほとんど息苦しいまでに高まっていた。ここまできて万一入門を断わられたらどうしよう。ラグーザから西洋の彫刻を学んだという小倉惣次郎とは、どのような人物なのか。女には厳しいのか。それとも……とあれを思いこれを考えして、いよいよ胸が波立つのだった。

松林沿いの道をぬけると、車は閑静な町並に入った。車夫に問うと、本所だという。

「向島はまもなくでござんすよ」

初子はうなずき、目をとじて惣次郎にすべき挨拶を胸の内に反復した。初子は十二歳になっていた。

初子の入門志願を与兵衛が手紙にしたためたのは、半月ほど前、初子が十二歳に達した日であった。五日後に返事が届いたが、丁重な断わり状であった。直接そうとは書かれてなかったが、初子が女であるのが原因のように読みとれた。初子はもし自分が女であるために受け入れられないのなら、髪を切って男の姿になると、自ら決意を書き送った。

ようやく返事が届いたのは昨日のことだった。とりあえず面接したうえ入門の是非をきめる、とあった。初子の決意に困惑している惣次郎が汲みとれた。おそらく初子は、修業の厳しさや、それが女の身にとってどれほど困難かつ不利かなど、あれこれ聞かされることだろう。けれど面接を許されたからには、弟子入りを認められるまでは断じて退かぬ、と初子は改めて自分を励ますのだった。

水戸家の屋敷はさすがに大きく、門構え一つにも格式が感じられた。惣次郎の手紙にあった指示どおり表門とは別口の、西の小門から入ったにもかかわらず、踏みこんだとたんに初子は、屋敷内にこもる静寂に足が竦んだ。門の右手に長屋があり、奥深い木立の向こうには、母屋らしい建物の重たげな屋根が望見できた。どこへ声を掛けるべきか与兵衛ともども迷っていると、長屋から軽衫《カルサン》姿の若者があらわれた。

与兵衛が来意を告げると、若者は頷いて二人を長屋にいざなった。そこが惣次郎の仕事部屋であった。

惣次郎は弘化三年（一八四六）生まれの、この年三十五歳。仕事のうえでも男としても最も気力の充溢する年代である。さぞかし俊英な近寄りがたい風貌を、初子は想像していた。

だが白い人形《ひとがた》の後ろから軽衫の膝を払って立ちあがってきたのは、おだやかそうな人物だった。

「これは、これは、お早いお越しですな」

という口調も、客を迎える商家のあるじのようにくだけている。初子はいささか拍子抜けする思いだった。

二人に円座が勧められ、あらためて挨拶が交わされた。惣次郎の目が与兵衛から初子へそそがれる。と、その目に一瞬まぶしいものを見たように、揺れるものがあった。

「それで、何か作品を拝見できますかな」

惣次郎の手紙に、もしあれば作品を一点持参されたいと書いてあったのだ。

初子は臆しそうになる自分を鞭打って風呂敷包みをひらいた。高さ三十センチほどの仏像である。頭部も胴体もどうにかそれとわかるていどの荒彫りで、顔もまた目と口を細く切り込んだだけの、何の粉飾もないそっけない木像である。それで完成品なのだが、はたしてそう見てもらえるだろうか。初子が臆しそうになったのはその不安だった。

惣次郎は像を手にとり、しばらく眺めたあと、

「これは手本がありますね」

と言った。その惣次郎の目が、はじめて厳しくなった。

「はい、浄円寺に手本がございます」

初子は臆せずに言った。浄円寺に縁が出来て行き来するうちに、初子の彫り物好きを知った和尚が、ある日わざわざ脇堂を開いてくれた。そこには何かの事情で家名が絶えたり、行方知れずになったりした旧い檀家の位牌などが納められていて、それらにまじってそれはあった。

鉈《なた》か手斧《ちょうな》でぽんぽんと木を削り、形ばかりの輪郭をつけ、目と口を足しただけのその薄汚れた仏像に、初子は心を奪われた。手荒いとも稚拙ともいえそうなごつごつした姿に、素朴な魅力があった。力強くそれでいて温かいものが感じられた。

これをぜひ模作したいと思った。それまでにも見よう見真似で仏像を彫ってみたことはある。けれどそれは彫るために彫っただけで、仏の姿に感動したわけではない。心をゆさぶられて彫りたいと思ったのは、それがはじめてだった。

和尚に仏像の貸し出しを願うと、前例のないことだがまあよかろうと許してくれた。作者も由来もわからぬ像なので、和尚もたいして頓着していないくちぶりだった。

それから二カ月あまり、真似ては彫り、彫っては捨てして、ようやく手をとめたとき、一つの季節が終わっていた。

「形を似せるより、像の持つ強さに近づこうと心がけました」

初子の説明を聞きながら、惣次郎は何度もうなずいた。

「実物をみなくては確かなことは言えないが、あなたが手本にしたのは円空仏かもしれない。帰宅したならいま一度心をこめて拝見してごらんなさい。おそらくもっと教えられるものがありますよ」

作品の批評ではなかったが、何かしら深奥な示唆をうけた気がして初子は頬を染めた。

そのあと惣次郎は、ここで教えているのは洋風彫刻であり、用いる材料も製作方法も、日本古来の造像方法とは異なることを、要点をあげて手短に語った。そして、これが一番肝腎な点だがとことわって、

「もし素人の余技として技術のとば口のみ習得すればよいと考えているのなら、この場で引き下がってもらいたい。ここではただ技術を教えるだけではなく、日本の近代彫刻の確立をめざして邁進《まいしん》する、強固な精神力を養うのも目的の一つとしている。当然、修業はここを卒業したあともつづかねばなりません。その覚悟はありますかな」

と言った。厳しい言葉だった。そしてそれは静かな感動となって初子の胸におりてきた。が与兵衛は顔色を変えていた。

「それは、なんですな小倉殿、おっしゃることはわかります。わかりますが、娘は乾家の跡取りでして、いずれ婿をとり……」

大事な跡取りを彫刻ごときに奪われようとしている。そのことにいまようやく与兵衛は気づいたらしかった。

その与兵衛を、お父さまと初子が制した。

「先生はただ、たとえ婿をとり家をまかされようと、修業は忘れるなとおっしゃっているのです。そうでございますね、先生」

こたえの代わりに惣次郎は「はは」と笑った。与兵衛はなお釈然としない様子である。それを読みとると初子は素早く円座をすべりおり、両手をついた。

「先生、あらためてお願い申し上げます。どうかわたくしを弟子にお加え下さい」

「いいでしょう。入門を認めましょう」

と惣次郎は朗らかに言った。どうやら初子は眼鏡に叶ったらしかった。

三　男装の麗人

長屋の台所で惣次郎と初子を加えた弟子三人が、鉤形に並んで昼食をとっていた。開け放された台所の戸口が裏庭の照り返しをうけて、白い鏡のように光っている。風が欲しいのに、入ってくるのは騒がしい蝉の声ばかりである。

初子は食欲がなかった。午前九時に仕事場に入ってから正午までほとんど座りっぱなしで、背中から内股までしたたかに汗をかいた。ようやく昼になり、台所で冷えた麦茶をむさぼり飲んでひとまず人心地はついたが、胃が重い。膳の上の里芋とこんにゃくの煮しめにも麦めしにも、食指がうごかない。

もっとも、食欲がないのは暑さだけのせいではないようだ。

ここ三日ほど、初子は習作の童女が思うように仕上がらなくて焦っていた。といってもまだ全身像はつくれない。油土《ゆど》で頭部だけを練習するのである。髪形と顔の輪郭はできあがっていた。けれど表情がきまらない。無邪気なほほ笑みをつけたいのに、妙にしまりのない笑いになってしまう。目を直し口を直してみても、理想のほほ笑みにはほど遠い。どこをどうすれば童女の甘さと清らかさが表現できるのか、迷路にはまりこんでしまった心地だった。

しかし、あらたな習作に童女を選んだのはそもそも初子の向こう見ずだった。人間の顔はむつかしい。まして童女の顔はやさしいようでむつかしい。いましばらく果実や動物などで練習したほうがいいだろうと、惣次郎に諭されたのを、ぜひにと押して選んだのである。その手前もあって、惣次郎に助けをもとめるのは憚《はばか》られる。

――それにしても先生は、わたしの悪戦苦闘をどうみておられるのだろう。

いつもならすぐ助け舟を出してくれる惣次郎が、今度ばかりは何の助言もしてくれない。あるいは、師の忠告をきかない弟子の思いあがりを、懲らしめようという腹なのだろうか、とそんな疑いさえ湧いて、初子はなおさらに食事どころではなくなってしまう。

ぼんやりしている初子を耳のはたで「君、君」と、兄弟子の声が呼んだ。

「先生がお呼びだよ」

そう言われて気がつくと、衝立を背にした惣次郎がじっと初子をみていた。すでに食事を終えたらしく、湯呑を手にのせている。みれば兄弟子たちも箸を置いていた。

「すみません、つい考えごとをしておりました」

初子は詫びて、師の言葉をうけたまわる姿勢をとった。

「いやいや、気分が悪いとか、菜《さい》が口にあわないというのでなければよろしい。早く食べてしまいなさい」

どうやら胸の屈託にとらわれて、手も口も留守になっているのを見咎められたようだ。初子はあわてて残りの煮しめを頬張り、冷めた味噌汁をのみ、たくあんを噛みながら土瓶に手をのばした。

乾家にあるときなら即座に叱責がとんだにちがいない、無作法な食べ方である。

――わたしは姿ばかりでなく、ご飯の食べ方まで男っぽくなった。

湯呑の茶をのみながら初子はそう思い、苦笑を洩らした。

惣次郎に入門して三カ月になる。初子は水戸屋敷から遠からぬ隅田川縁で店を張っている回漕業者の離れを借りて、毎朝そこから仕事場へ通っていた。これは惣次郎にすでに男の内弟子がいたため、一緒に寝起きはさせられないということで決まったのである。

学習は朝の九時からはじまった。午前中は油土を使って果実や花動物などを習作する。そこを卒業すれば自由な創作が許される。

惣次郎の指導は懇切丁寧だった。人柄というのか、決して怒鳴ったり荒い言葉を吐いたりしない。油土の扱い方を教え、へらの選び方から使い方を手をとって教え、できあがれば実物とのちがい欠点を指摘する。ただ手抜きだけは許さなかった。「一所懸命やってできばえが拙いのは仕方がない。しかし面倒だからと手を抜いたとき、彫刻家としての君の将来も消え失せる」というのが惣次郎のいましめであり、持論でもあった。

正午から一時までは昼食と休憩である。食事は長屋の小さな台所で摂《と》る。初子がここで摂る唯一度の食事だ。

惣次郎は午前の実技指導のあとは、板戸で仕切られた自分の仕事部屋にこもってしまうので、直接の指導はない。しかしむろん自由時間ではない。定められた課程にしたがって、デッサンや人体の構造を自習するのである。

教材は石膏の人体像や、惣次郎がラグーザから譲りうけたり折にふれて蒐集した画集などであるが、庭に出て草花や池の亀、鯉を写生することもあった。

人体構造に関しては、筋肉や骨格、関節などの機構とそれらの運動による変化の模様を学ぶ。この教材としては、西洋の美術解剖書を写し日本語の解説を加えた惣次郎ノートが貸与された。

それらはいずれも目新しいことばかりで、初子は学ぶことの楽しさと興奮を全身で味わっていた。養父母のもとで毎日の日課となっていた習字や漢籍の素読や、あるいは茶花・琴などとちがい、ここでの勉学は人間の実物に迫る面白さがあった。

しかもここには外出にも作法にもうるさい養母の目もなく、夕方四時に学習が終われば、あとは隅田川のほとりをぶらつこうが、自室でうたた寝を楽しもうが自由である。不都合があるとすればただ一つ。初子が女であるという事実だった。

惣次郎に入門してひと月もすると、初子は兄弟子たちにくらべて自分の手捌き身ごなしの鈍さが気になりだした。それには仕事に不慣れとか未熟さ以外に、着衣の差があるようだった。惣次郎や兄弟子たちは筒袖の上衣に軽衫を着用しているが、初子は昔ながらの和服姿だった。仕事着用に袂を小さく仕立直してあるけれど、それでもへらを取るにも何をするにも袂が邪魔になる。そのうえ、身動きにつれて衿元がゆるみ裾がくずれてくる。げんに足弟子の視線に気がついて、あわてて衿を掻き合わせたこともあった。

――いっそ男の姿になろう。

そう思い立ったのは、七月に入って、着替えの薄物を行李からひっぱり出したときだった。

思い立つと休日が待てなかった。その日の夕方、仕事場を退出すると初子はその足で古着屋へ行き、通学用に男子用の着物と野袴を、仕事用には職人が着るような筒袖の上衣と踏込《ふんごみ》を買いもとめた。さらに髪結床へ行き、豊かな黒髪をばっさりと切って、断髪の若衆姿に為《な》り変わった。

翌朝、断髪に野袴姿であらわれた初子に惣次郎は息をのみ、しばらくは言葉もないふうだった。が初子から理由を聞くと、

「ご両親がその姿をみたら嘆かれよう」

と眉をひそめながらも、一方で、

「しかしよく似合う。若衆姿になって、かえって色っぽい」

と言い、最後は皆声を合わせて大笑いになった。

それにしても姿形を男に似せただけで、人はもの言いから動作まで男っぽくなるものらしい。若衆姿になり変わる前は、しばしば気になった若い兄弟子たちの視線が、以後は衿足を撫でる風ほどにも感じなくなっていることを、初子は不思議とも痛快とも思うのだった。

昼食後、兄弟子たちが入庭を許されている池の端の四阿屋で休息しようというので、初子もついていった。池のほとりの築山の一郭に茅葺きの四阿屋《あづまや》がある。黒松や椿や楓などに囲まれたその一郭は、わずかながら風も通うらしく涼しかった。屋敷の管理をまかされている老人やその娘だという少女も、自分の長屋で休息しているのか、蝉の声をのぞけば、屋敷内は人影もなく白い日照りの下でひっそりと静まっている。

「しかし、なんだね、ぼくらの前途も厳しいね」

四阿屋に腰をおろしながら、年嵩の兄弟子が吐息まじりに言った。

「まったく嘆かわしい話です。政府も鉄道の敷設だの小中学校の設立だの、政事《まつりごと》の一新で財政が苦しいのはわかりますが、工部学校の一つくらい存続できないものですかね」

と年下のほうが相槌をうつ。二人のあいだではここ何日か同じ嘆きが繰り返されていた。新しい文化の興隆を目ざして明治政府が虎の門、辰ノ口に創立した工部美術学校が、財政難のために近々閉鎖されるらしいという噂が流れているのだった。しかもあながち根拠のない噂ではないらしいのである。

洋風彫刻はようやくその端緒についたばかり。社会的にもまだ認知されておらず、工部学校を卒業しても、折角習得した技術を活かす働き口がないというありさまだった。材料の石膏にしても、ほとんど輸入に頼っていた。工部学校ではラグーザが仙台で産出されたという石を焼いて、石膏をつくってもいたが、民間で学ぶ子弟がそれを独自に手に入れるのは容易ではなかった。

銀座に一軒石膏を売る店があるにはあったが、それとてもギブスとよばれて、歯科医が歯型をとったり、ランプ屋が口金の接着に使用するていどで、扱う量もしれていた。

そんな現況のなかで工部学校の存在は、民間の子弟にとっては唯一の道しるべであり、また良きライバルでもあっただけに、閉校の噂はいきなりつっかい棒をはずされたような衝撃であった。

「先生はたとえ工部学校がなくなろうと、一旦はじまったうねりは簡単にはやまない。学校がなければないで、われわれ同じ道を志す者たちが力を合わせて、新たなうねりを起こせばよいと言われるが、ぼくらの技術を売る場所もない。生計《たつき》のめども立たないありさまでそんなことができるだろうか。理想はわかるけれど、理想で腹はふくれないからね」

兄弟子は頤のあたりにちらほらと覗く鬚を爪でひっぱりながら、不服そうに言う。初子はそれを横目で見遣って、この人はこの若さで何と爺むさい世俗的な心配をするものかと思った。

「でも素晴らしいじゃありませんか。わたしたちの手で新しい美術のうねりを起こすなんて、胸がときめきませんか」

初子がそう言うと、兄弟子は目を光らせ、ふふんと鼻を鳴らした。

「君はいいさ、女だからね。いざとなれば嫁にゆく逃げ道がある」

――逃げ道……。

初子は返しかけた言葉を控えた。

たしかに女にはそのての道がある。食べるのに困れば男の懐ろに逃げこむことができる。だが初子はそんな食べるための結婚など考えもしなかった。いずれ自分も乾家の跡を継ぐ婿を迎えるだろう。けれど乾家の存続や生計の安定を第一義として婿を選ぶつもりはない。たとえ相手が貧しかろうと養父母に反対されようと、信頼と愛情を分かちあえる男と世帯を持ち、そして初子自身は彫刻を天職として貫きとおすつもりだった。うねりが要るのなら自分一人でも起こせばいい。ささやかな、自分だけのうねりだってかまわない。

初子はそう言いたかったのだが黙った。そして黙ることで、思いが決意となってずしりと固まるのを感じた。

四　ラグーザとの出会い

ついこのあいだまで窓から射し込む日射しが、製作台の上まで縞模様をつくってのびていたのが、すっかり短くなっていた。しかしそのぶん確実に温かさが増してきている。気持がゆるむとそのまま眠ってしまいそうな、のったりとした空気が仕事場を包んでいる。

初子は惣次郎に見守られながら、油土の布袋和尚に仕上げのへらを入れていた。初子もようやく石膏の使用が許され、これが最初の石膏作品になるはずだった。

「その丸みは指を使ってやってごらん。指は最高のへらなんだから、使い惜しまないように」

惣次郎がそう注意したとき、カポカポと門の方で馬の足音がしたようだった。そしてまもなく、戸口から洋服姿の長身の男が身をかがめて入ってきた。

「こんにちわ」

妙な発音である。四人が一斉に顔をあげたなかから、惣次郎が「や、これは……」と破顔した。

「これはラグーザ先生、ようこそ」

初子はどきりとし、胸が高鳴りだした。政府が三顧の礼をとって迎えた工部学校の教授。そして師の師にあたる人物が突然目の前にいる——。惣次郎がつつと框へ出て正座するのも、兄弟子があたふたと円座を持ち出すのもよそごとに、ただ呆然とラグーザをみつめた。

明治十五年のこの年ラグーザは四十一歳である。来日六年。工部学校で教鞭をとるかたわら日本語を猛勉強して、自らすすんで日本人と交わり、そのなかで大工職人や役者など、日本特有の風俗を彫刻して公私ともに日本にとけこんでいた。なかでも明治十四年三月の第二回国内勧業博覧会に出品した『日本婦人像』は、その若く健やかな女の息遣いまで聞こえそうなリアルな姿で、高い評判をよんだ。

そのモデルとなったのは、芝増上寺の差配をつとめる清原定吉の次女玉である。清原家は芝新堀にあり、広い屋敷内に花園を設けて季節ごとに多くの見物人を引き寄せていた。

明治十年の初秋、その日の授業を終えて、馬で三田小山町の官舎へもどったラグーザは、和服に靴という珍妙ないでたちで夕方の散歩に出た。清原家に立ち寄る気になったのは、美術学校の生徒がよくそこで写生用の花をもらっていると聞いていたからである。

屋敷内に入って、庭の築山や花園をみてまわっていると、「そこの外国のお方、あなたもお茶をどうぞ」と呼ぶ声があった。母屋の縁側に十五・六の少女とその母親らしき女が並んで、ラグーザをみていた。

それがラグーザと玉の出会いになった。玉はこのとき十六歳。ラグーザより二十歳年下である。はからずも玉の母親のひと言で引き合わされた二人は、次第に心を通わせあうようになり三年後に内輪の結婚式をあげた。

明治とともに日本は西欧に向けて大きく扉をひらき、西欧に追いつけと官民あげて「文明開化」に拍車をかけていた。が、その一方でまだ庶民のなかには、紅毛碧眼の異国人に対する偏見が根強くあり、若い女が西洋人と連れ立って歩くだけで、「洋妾《ラシャめん》」の誹《そし》りがとんでくるありさまだった。

そんな情況のなかで、しかし敢然とラグーザへの愛を貫いたという清原玉の話を、雑談の折りに惣次郎から聞かされたとき、初子は玉女の勇気と、二十歳もの年齢差をものともしない男女の愛に、妬ましいほどの感動をおぼえたものだった。

そのラグーザがいま目の前にいる。しかもその人は、想像していたようないかめしさとはこちがい、物腰も柔かく古ぼけた洋服を着て、およそ気取りがない。日本人と変わらぬ黒い髪に黒い瞳。ただ目鼻の彫りの深さで西洋人と知れるばかりの面立ちも、懐かしいくらいのものである。

——この方とお玉さんは、毎日どんな話をなさるのだろう……。

と初子は想像の翼をひろげ、またしても胸をときめかせた。

「ここではお茶もさしあげられません。どうぞ茶室の方へお出で下さい」

と惣次郎が誘っていた。池の反対側に小さな茶室があり、惣次郎だけが使用を許されていた。

が、ラグーザはここで結構と言い、長い足を窮屈そうに持ちあげて仕事場へあがってきた。

「お邪魔でなければ、皆さんの仕事を少し見せていただきたいものです」

「それはもう、先生に見ていただければ皆大喜びです」

二人の言葉で仕事場に緊張が走る。初子は手が震えそうになった。

ラグーザは門弟たちの手元を覗きこみながら、工部学校が二カ月後に閉校になること、もし日本にとどまるならそれなりの役職を提供しようと、校長の大鳥圭介に勧められたが、郷里のパレルモで新しく美術工芸学校設立の動きがあり、自分を校長に迎えたいという話がきているので、それを受けて母国の美術振興に力を尽したいことなどを、ぽつりぽつりと語った。

「日本の桜もこの春で見納めになります。それで急に思い立って授業をぬけ出し、上野へ馬を走らせました。夕方では人出が多くなって馬が驚きますからね」

「そうですか。桜はここ二・三日が見頃でしょうか」

「そう。いいときに見せてもらいました。帰りぎわにふと惣次郎さんにも会いたくなりました」

「それは光栄です」

「それだけではありません。実はこの際、男装の麗人にも会ってみたいと思ったのです」

惣次郎がからからと笑い、ラグーザの目がいたずらを仕掛けるように初子をとらえた。思いもよらない話だった。初子はとたんにカーッと顔が熱くなった。

前年の秋深まる頃であった。寄宿先から水戸屋敷へ通う初子の、断髪に時代おくれの野袴姿を目撃した雑誌記者が、あとをつけて惣次郎にかけあい、初子を写真におさめるということがあった。それが暮れになってできあがり、男に肩を並べて新時代に挑む「男装の麗人」という解説つきで掲載された。

惣次郎宛に送られてきたそれを兄弟子たちもともに読んで、何とまあごたいそうなことと笑いあったのだったが、その小さな記事が思いがけない波瀾を巻き起こした。雑誌の内容が人伝てに乾与兵衛の耳に入ったのである。

与兵衛は激怒して初子の寄宿先へ人力車を走らせた。そこへちょうど、初子の面倒をみている鳶職人の女房が夕食の支度にやってきた。その顔をみるなり与兵衛は怒りにまかせて噛みついた。

「月々はつを通して渡している賄代《まかないだい》は、掃除洗濯や朝夕のめしの支度をしてもらうためだけではない。はつに何かあったときには、直ちに知らせてもらいたいからで、そのために賄代以上の金子《きんす》を渡してある。なぜはつが無断で髪を切ったことを知らせてくれなかった」

女房にすればとんだとばっちりというものだった。一度は控えたが、重ねて「頼りにならぬ人だ」と言われて堪忍袋の緒が切れた。

「そんなに大事な娘さんなら、なぜ彫り物なんぞの男の世界へお入れなさんした。娘さんがそれほど信用ならないなら、首に縄をかけて家の柱に縛りつけておきなされ」

と啖呵を切った。

与兵衛は歯ぎしりして、まもなくもどった初子に怒りを爆発させた。直ちに家へ連れて帰ると言う。初子はひたすら詫びるしかなかった。詫びて、髪が伸びしだい娘の姿にもどるのを条件に、ようやく許しを得たのである。

以来、初子は髪を伸ばしはじめて、いまは肩のあたりまでもどっている。もちろんまだ日本髪には結えないので、後ろへ一つにまとめて紅の組紐で結んであるが、断髪でもなければ日本髪でもないこの奇妙な髪形を、ラグーザの目に晒してしまった気羞ずかしさと口惜しさで、初子は顔があげられなかった。

しかしラグーザの興味は初子の身なりより、惣次郎門下の女弟子という点にあったようだ。

「残念でしたね。はつさんはすでに娘姿にもどっています」

と惣次郎が言うのへ、ラグーザはそのようですねとうなずいて、初子の横へ腰を屈めた。

「実はあなたにお願いがあります」

自分は来日以来さまざまな日本の男性をモデルにして彫像をものにしてきたが、残念ながら女性については、妻の玉のほかは、なかなかこれというモデルに行き合えないでいる。ついてはあなたをこの場で描かせてもらいたいというのである。

ちかぢかとラグーザにみつめられて、初子はたじろぎながらも嬉しかった。西洋彫刻を志す者なら一度はその人にまみえて、教えをうけたいと願うであろうラグーザに、はからずも出会えたばかりか、乞われてモデルをつとめる。その幸運に躍りあがりたいほどだった。

「それはいい。ぜひ描いてもらいなさい」

と惣次郎に促されるまでもなかった。

「はい、先生」

と初子は勢いこんでこたえた。

画帖と鉛筆が用意されると、初子は着替えのために立ちあがった。

「すぐ着替えて参ります。といっても通学用の粗末な着物ですが、それでよろしいでしょうか」

ラグーザは一瞬きょとんとし、それから「オー」と顔の前で大きく手を振った。

「ノン、ノン、いけません。そのままでいて下さい。わたしはあなたが仕事に打ちこんでいる姿を描きたいのです」

「でも、このなりでは、あんまり……」

「いいえ、それで充分です。仕事には仕事にふさわしい着物があります。わたしも学校へは油土や石膏でどんなに汚れてもかまわない古服を着てゆきます。おかげで生徒たちから西洋乞食と陰口されています」

兄弟子たちが真っ先に噴きだし、たちまち室内に哄笑がひろがった。が、それで初子はいくらか冷静をとりもどすことができた。

「いつもと同じ気持で仕事をつづけてごらん」

惣次郎の助言に促されて、初子はあらためて布袋和尚の像に神経を集めた。高さ三十センチに満たない像である。手本は養父の書棚の上に置いてある同種の木像だった。正月休みに家へもどったおり、それを何枚もデッサンしてきたのである。手本の像はもっと小さく胡座《あぐら》をかいていたか。初子はそれを立たせて表情もおどけたものに変えてみた。

その表情と、突き出した腹の下から足元へゆるやかに流れる衣の襞が肝腎なところである。石膏を塗って型をとったときも、はたして原型どおりの印象が得られるだろうか。いずれにしても、これがラグーザに自分の作品を見てもらう最初で最後の機会なのだ。初子はそう思いへらに祈りをこめた。

「むつかしい作品をこしらえていますね。それは何という人物の像ですか」

「へらは像の前後左右、全方向を見くらべながら使うのですよ」

画帖を走る鉛筆の乾いた音にからんでラグーザの声が流れる。が、やがてそれらすべてが夢のなかの物音のように遠ざかると、不意に初子は真空にはまりこんだ。ラグーザも室内の湿気も物音もいっさいが消え、深沈とした空間に初子一人が布袋像と向きあっていた。

第二章　流されて

一　愛なき婚約

隅田川沿いの道を木津英三郎と並んで歩きながら、初子は花火なんぞ面白くもないと腹の内でむくれていた。英三郎があれこれ話しかけてくるのにも生返事である。子連れの夫婦や早目に暇をもらったお店者《たなもの》たちが、つぎつぎと二人を追い抜いてゆく。

両国の川開きの宵である。英三郎は父親の口利きで大川端の桟敷《さじき》席が取れたというので張りきっていた。実際十日も前から申し込んでも、なかなか取れない席なのである。

日はようやく沈んだばかりで、西空にひろがった残照はなお明るく民家や寺の屋根を染めあげている。

「深川もずいぶん賑やかになったものです。ぼくの子供の頃は特に木場あたりは、右も左も材木と水のにおいばかりで、人家もまばらなら、夜などはそれこそ鼻をつままれてもわからない真っ暗闇でした」

英三郎の話に初子はまた、はあと愛想のない返事をする。英三郎は困った様子で空を仰ぎ、いま何か彫っていますかと話題をかえた。

「はい、いえ……」

と初子はどっちつかずの返事をして、さすがに失礼だと自分を叱った。

「このところずっと怠けております」

「それはいけませんね。ぼくはあなたと一緒になったら、あなたに彫刻の手解きをうけて、ともに楽しみたいと思っているのですよ」

初子は眉をひそめた。そんな安直な言葉が出てくるのは、英三郎がしょせん初子の彫刻を趣味としかみていない証拠のように思える。

英三郎は深川木場の材木商の三男で、乾与兵衛が定めた初子の婚約者である。

与兵衛は四年前に役所勤めの仕事を得て、深川の島崎町に居を構えた。その職の世話をしたのが英三郎の叔父に当る人物で、婚約の話もそこから出てきた。三男なのでもちろん婿養子となっても支障はない。しかも本人は小学校の教師をしていて、収入も安定している。そしてそれ以上に、学問好きで気の良い英三郎の人柄に与兵衛が惚れこんだ。

「はつも器量良しだが、英三郎君も眼元の爽やかないい男だ。そのうえ気性もさっぱりして学もあり、話に信頼が置ける。これだけ揃った婿はそうそうあるものではない」

与兵衛は己の眼識の高さを誇りつつ、そう吹聴した。初子にしてもそれに異論をとなえる気はないが、だからといって、いきなりの結婚には気持がついてゆけなかった。

初子は十八歳になっていた。この当時としては結婚適齢期である。げんに幼馴染の半分は結婚し、一児の母となっている女もいた。

──でも、わたしにはやりたいことがある。と初子は思う。それもただの趣味ではない。ラグーザのように小倉惣次郎のように、彫刻家として自分の手足で世の中に立ちたいのである。しかし結婚すれば、よほどの財閥のお姫《ひい》様でもないかぎりそれは不可能だろう。家内の切盛りも子育ても他人まかせにして、油土や石膏にまみれていたら、英三郎とていい顔はすまい。結局はへらも鑿も納戸にしまいこむことになるだろう。

問題はそこですっぱりと夢を捨て去れるかどうかである。

──おそらく、それはできまい。

ではどうすればよいのか、というところで初子は煩悶していた。げんに婚約が交わされてから二カ月あまり、心が乱れて一つの作品も完成できないでいる。

きょうもきょうとて、未完のまま干からびかけている油土をぼんやり眺めているところを、川開きの花火に誘われ、養母に背中を押されて出てきたのだった。

なろうものならこの婚約を解消したいと初子は思う。けれどこれには養父の恩義がからんでいた。

明治がすすむにつれて乾家は次第に手元不如意に陥り、与兵衛は内藤家から預っていた初子の養育費を、知人の商売に投資した。それが当って元手がふくらみ、一時は横浜に新天地をもとめるまでになった。が、俄商売がうまくゆくはずはなく、結局元も子もなくして東京へ舞いもどり、ついには竹の子生活に転落しかけたときに、英三郎の叔父に救われたのである。もし婚約破棄などということになれば、与兵衛が激怒するだけではすまないにちがいなかった。

両国橋近辺はすでに橋の上にも道筋にも、おびただしい見物客が押し寄せていた。日はようやく暮れて、川べりに軒を並べた茶屋の灯りや、川の上下から集まりはじめた乗合船の灯りが、人込みや川面をまだらに染めだしている。

浜町河岸に面したところに普段は空地になっている広場があり、そこに桟敷が設けられていた。桟敷にはそれぞれ番号札が立てられ、その前で張り番の男衆が大声をはりあげながら、次々と客をさばいている。

英三郎の予約券は三番桟敷の二十四と五の席だった。すでに満席のようにみえる桟敷へ、男衆の「はい、二人分空けた空けた！」という呶鳴り声とともに詰めこまれて、座ったとたんに身動きがとれなくなった。

やがて最初の花火がどかんとあがった。歓声のなかでつづいて二発、三発、しだれ柳や大輪の花が夜空にひろがる。

花火なんぞ何が面白いかとへそを曲げていた初子だったが、間近にみる火の競演はさすがに豪勢である。

「どうです。花火もこうしてみると結構面白いでしょう」

耳元でわめくように言う英三郎へ、初子は素直にうなずいていた。

事故は祭りがはねた直後に起こった。

最後の花火が長い尾を曳いて消えると、観客が一斉に動きだした。初子も押されるまま階段へ向かった。英三郎が背後で何か言ったようだが聞きとれない。

「慌てるな、慌てるな」

高声の制止のなかで突然悲鳴があがった。何が起こったのかわからない。人垣が大きくゆれた瞬間、階段ぎわに達していた初子は、不意にくるりと振り向いた女に袂を掴まれ、そのまま周りの何人かと一緒に階段を転げ落ちた。わずか三段の階段だったが、落ちた上へ子供の尻が降ってきて、鋭い痛みが足を走った。

桟敷の端でかろうじて踏みこたえた英三郎が、慌てて桟敷をとび降り、初子を助け起こそうとする。「痛い！」と初子は悲鳴をあげた。どうやら足を捻挫したらしい。

英三郎はすっかり動転して、初子の脇へ肩を入れ無理矢理立たせようとする。その二人のあいだへ、どこかの大店《おおだな》のあるじといった風采の男が割りこんだ。

「お待ちなさい。歩かないほうがいい。家《うち》の車が近くにいますから呼びにやりましょう」

男はそう言って、傍らの五十年配の男へ顎をしゃくった。

その男が駈けだしてゆき、まもなく提灯を下げた人力車とともにもどってきた。

男三人に抱えられるようにして初子が人力車へ乗りこむと、あるじらしき男が、

「足をくじいていらっしゃる。気をつけてお送りするように。わたしたちは歩いて帰る」

と車夫に命じた。

初子は無言で頭を下げた。

英三郎と車夫に両脇を支えられてもどってきた初子に、養父母は驚きのあまり車の持主の名を訊くのも忘れていた。初子を受取り、水だ湿布だと手当てに気をとられ、与兵衛がふと気がついて玄関へ出てみたが、すでに人力車の姿はなかった。

「お礼を申さねばならぬに、迂闊だった」

と言う与兵衛に、英三郎は一緒に走ってきながら申し訳ありませんと、自分の落度のように肩を落した。初子が提灯の家紋をおぼえていたが、それだけでは捜しようもないのであった。

その車夫が再び乾家へやってきたのは、三日後の日暮れ時であった。初子の足はまだ腫れが残っていたが、見舞客と聞いて、片足を引きずり気味に客間へ出た。客はあの事故のとき人力車を呼びに走った五十年配の男だった。

「とんだ災難でございましたね。手前どもの主人がたいそう心配をしておりまして、もしお怪我がひどいようでしたら、よい医者を知っているのでご紹介したいと申しております」

男は初子と養父母へ視線を分けながら見舞いを延べ、熨斗紙を掛けた木箱を差し出した。しかし主人の名は口留めされておりますと言う。そこをたって、と与兵衛が乞うと、

「では、生糸の輸出を家業にしておりますと申しておきましょう」

とだけ明かして帰っていった。

木箱の中身は甘い蠱惑《こわく》的な匂いのするカステラであった。

「これほどのご厚志を頂戴しながら見ず知らずのままとは、粋というか見事というか、よほど出来たご仁にちがいない」

と与兵衛は残念がった。だが初子はその人物と、どこかでもう一度出会うような予感がするのだった。

二　裏切り

初子の予感はひと月ほど後に現実になった。

その日初子は養父に願って、しばらくぶりに外出の許しをもらった。師の小倉惣次郎を訪ねる目的だった。足のほうは事故直後に大事をとったのがさいわいしたらしく、十日あまりできれいに治癒していた。

不思議なことに、足の怪我をきっかけに初子のなかに制作欲がよみがえってきた。養母に新たに油土をもとめてきてもらい、初子は怪我の足をかばいながら久しぶりに制作に熱中した。

できあがったのは二日前。高さ二十センチほどの小町座像である。謡曲などいくつかの物語からイメージをとった創作だった。絶世の美女とうたわれ、深草少将を空しく九十九夜通わせたこの女人に、後の悲劇的運命を暗示して、華やかななかに寂しい翳りをもたせた。これまでに幾体もこしらえてきた人物像のなかで一番の作になったと、初子はいささか自負するところがあった。

それを油紙で包み、さらに風呂敷に包んで朝のうちに家を出た。

初子が惣次郎のもとへ通学したのは、十二歳から十五歳までの三年間である。その年、惣次郎が水戸屋敷を出て新たに仕事場を持つことになり、一足先に巣立っていった兄弟子らについで、初子も養父母のもとへもどったのだった。

しかしその後も、初子は作品ができあがるたび、惣次郎に批評をもとめていた。惣次郎もそれを喜び、初子が一人前の彫刻家として立つ日を心待ちしているふうだった。

小町像はかれこれ五カ月ぶりの作品である。

――先生は何とおっしゃるだろう。

惣次郎の批評を期待して、初子は抑えようもなく足がはずんだ。

町の西端に車屋があった。持車二台の小さな店で出払っていることが多かったが、この日は二台とも店内に車輪を並べていて、店先では車夫が縁台に片胡座《かたあぐら》をかいて将棋をさしていた。

初子はその前で足をとめかけたが、しかし立ちどまることなく通り過ぎた。そして、

「節約しなくちゃ……」

そう呟き、それが他ならぬ自分の婚礼のためだと気がついて眉をひそめた。

乾家では初子の婚礼にそなえて、部屋の模様替えや庭の手入れがはじまり、このところ大工や植木職人が日替わりで出入りしていた。夜になると養母は物入りがつづいて大変だと言いながら、金勘定ばかりしている。そんなありさまが知らず識らず初子の意識に入りこんでいたよ

うである。

——少し遠いけれど、足慣らしには歩いたほうがいいのだ。

と思い直して初子は足を速めた。

六月も末で日射しは夏の暑さをはらんでいる。それでも風があり、この季節にはめずらしく空気は爽やかだった。

惣次郎の新しい仕事場は神田鍛冶町にあった。町のなかを細い水路が流れている。水路は隣の紺屋町から松枝町へとぬけていた。町なかへ入りこむにつれて空気に藍のにおいが感じられるのは、その名のとおり紺屋町から漂ってくるのである。

惣次郎はひとかかえもある石を彫っていた。

狭い路地に人家がたてこんでいるので、ほとんど日が射さない。わずかに南の高窓の上枠をこすって陽の色が壁際に落ちているばかりである。それに、路地を走りまわる子供らのわめき声や、隣の履物職人の家から聞こえてくる下駄の歯を打つ音などが絶えない。

静けさにも風景にもめぐまれていた水戸邸にくらべて、ずいぶん条件の落ちる仕事場であるが、惣次郎は、興がのれば夜分まで石を彫ったりするので、こういうがさした町のほうが気が置けなくていいと言っていた。

初子は戸口に立ったまま惣次郎の仕事ぶりを眺めた。どうやら誰かの座像を彫っているらしい惣次郎の横顔は、石像に貼りついたまま初子の来訪にも気づかない様子である。そのうち惣次郎は一歩石像から離れて、上下左右へ視線をまわし、その動きがとまったところで、おやと初子へ振り向いた。

「おう、お出なすったな」

やっと初子に気がついて、惣次郎は鎚を置き土間から板の間へ初子を誘った。

「お邪魔ではございませんか」

「なんの、一服しようと思ったところだ」

「しばらくぶりに作品ができましたので、ご批評を仰ぎたくて持参致しました」

「ほう。どれどれ」

初子がとりだした小町像を、惣次郎は両掌で抱くようにして凝視した。厳しい目である。がやがてその目に微笑がひろがり、

「乾君、いきなり成長したね」

と言った。

「これはいいよ。憂いをふくんだ表情がとてもいい。若い女の匂うような美しさがある」

初子が小野小町をイメージしたことを告げると、さらに大きくうなずいて、

「わたしのところにはいろんな客がくる。なかには投資目当てに若手の美術品を捜している

好事家もいる。これだけの作品なら相応の値をつけて買いあげてくれるやもしれない。よければしばらく預かっておこうじゃないか」

初子は目を輝かせた。はじめて師の眼鏡にかなう作品が産み出せたのである。

「よろしくお願い致します」

と声を詰まらせた。泪があふれそうになった。嬉しい。師にほめられたのが何より嬉しい。だが喜びは悲しみも引連れていた。もしかしたら、これが最後の作品になるかもしれないのである。

初子はたまらなくなって、心の蟠りを惣次郎に打ち明けた。

秋には養父のきめた婿を取らねばならず、今後どこまで制作をつづけられるか心許ないこと。英三郎は彫刻をつづければよいと言ってくれるが、それは初子の彫刻をしょせんは遊びとみているからで、両親は反対していることなどなど……。

「台所の監督から家計のやりくり、親戚とのつきあい、先祖の法要その他、わたくしには覚えねばならないことが沢山あるというのでございます」

瞼をしばたきながら聞いていた惣次郎は、初子の言葉が切れると大きく吐息をついた。

「君が女であることを、わたしもうっかりと忘れていたのかもしれないな。それにしても残念な話だ。いま彫刻界は荒波をかぶりながらも、道を志す者たちによって新しい気運が生まれ

「童女」　（左）高さ12cm

「元禄美人」　高さ17cm

つつある。乾君もそのなかに入って、視野をひらかねばならない時期にきているのに、無念という他ない……」

事実この時期、彫刻界には新たな運動が盛りあがっていた。東京彫工会の発足である。明治の初期に、日本のめずらしい彫り物として来日外国人に珍重され、ついには欧米諸国にも紹介されて需要をひろげた根付は、十年代に入って本来の用途から脱け出し、丸彫の人物彫刻へ移行していったが、その多くは貿易商の注文に迎合した風俗像で、洗練されたリアリズム彫刻を見慣れた欧米人の目には、幼稚卑俗なものと映り、人気を失う結果となった。

こうした状況のなかで心ある彫刻家たちは、自分たちの作品の批評会を持つ一方、学識者の講義を聴く機会を設けたりして技術・知識の向上を図った。この動きは明治十九年秋の第一回彫刻競技会へ結びつき、さらに翌二十年の東京彫工会の誕生へと発展したのである。

牙彫以外の雑彫刻作家もまきこんで、日本最初の彫刻家組織となったこの会は、月例の批評会の他、毎年の競技会を定めるなどして、彫刻界に新しい風を興しはじめていた。

惣次郎はその渦に初子を加えたかったのかもしれない。おそらく「無念だ」というのは社交辞令などではない本音であったろう。その証拠に、惣次郎は手元へ引寄せた茶道具を膝の前に置いたまま、茶を淹れるのを忘れていた。

初子もまた「無念」と言われて言葉を失くした。

重苦しい沈黙が流れ、初子は腰を浮かせた。とそのとき、惣次郎が突然「京都へ行きなさい」と言った。は？　と目顔で問い返す初子へ、惣次郎はたたみこむようにつづけた。

「そうだ、京や奈良の寺々をまわってみなさい。あの地には昔の仏師や宮彫師たちが心魂こめて彫った、優れた彫刻が沢山ある。それらをしっかり観て心に刻みつけてきなさい。秋にはまだ間がある。ぜひ行きたまえ」

初子は凝然と惣次郎をみつめた。胸が高鳴った。なぜこの期におよんで惣次郎が京へ行けと言うのかわからないが、それはまるで京へ逃げろという示唆のように聞こえるのだった。


重い謎を与えられたように初子は呆然と路地を歩いていた。胸がまだ波打っていた。しかし胸はとどろいても、見知らぬ京の町へ逃げてどのように生計を立てればよいのか、というところで躓いてしまう。

思い屈していると、背後に土を踏む車輪の音が迫ってきた。路肩へよけると、人力車がゆっくり初子を追い抜き、二・三メートル先で停まった。

「お嬢さん、乾はつさんではございませんか」

人力車の幌の脇から四十前後の男の顔が覗いていた。どこかで見たことがある。そう思ったとたん、両国の川開きの夜が思い出された。人力車を降りてくる男を、初子はまじまじと眺めた。どこかでまた会いそうな予感のした男がこんなところにいる――。何やら避けがたい運命《さだめ》がやってきたような気がした。

「お足の具合いは、もうよろしいのですかな」

男は磊落《らいらく》な口調で言った。

「はい。その節はたいそうお世話になりました。また後日はお見舞いまでいただきまして」

「や、これはどうも、こんなむさい男を覚えていて下すったとは光栄です」

むさいどころか、着物の帯に蒔絵のキセル入れを差し、薄物の羽織をはおって裕福を絵にしたような男である。どっしりとした体躯にも大店《おおだな》のあるじらしい貫禄が満ちていた。

「あなたさまは、わたくしのことをよくご存知のようですが、わたくしはお名前も存じません」

と初子が言うと、男は「これは失礼」と笑って、日本橋に店を構えている田崎常平と名乗った。きょうは外国人の土産用に日本手拭でも店に置いてみようかと思い、その図柄の相談に馴染みの紺屋を訪ねてきたのだという。そして、

「折角お会いして立話もなんですから、いかがです、その辺でお茶でも」

と初子を誘った。丁重なもの言いの裏にやんわりとした圧力があった。

鍛冶町をぬけたところに小粋な門構の店があった。どうみても湯茶を売る簡便な水茶屋では

ない。おそらく内部はいくつかの小部屋に分かれ、料理も出せば男女の密会にも利用される待合であろう。

初子がそこに入るのを拒まなかったのは、田崎の鷹揚《おうよう》な物腰と父親にも等しい年齢のせいだったかもしれない。田崎は車夫になにがしかの金子を与え、その辺で蕎麦でもたべて適当な時間にもどっておいでと命じて、勝手知ったふうに門を入った。

案内されたのは案の定小さな庭に面した小部屋であった。

「お昼はまだでしょう?」

と田崎は言い、案内の女中に世馴れた口調で料理を注文した。それを他人事のように聞き流して、初子は庭へ目を遣った。三坪もない庭の中央に青い石と灯籠を置き、その根方に一群れの笹竹を配した安直な作りが、この店の性格をあらわしているようだ。

「ところでお嬢さん、鍛冶町へはどんなご用でいらしたのですか」

と田崎が訊いた。初子は曖昧に微笑った。なぜかこの男を少し焦《じ》らしてやりたかった。

「いや、別におっしゃりたくないのでしたらいいのですよ」

「……」

「あるいは、あのあたりにお嬢さんのいい人でもいらっしゃるのかな」

初子はようやく顔をもどした。

「ええ、わたくしの大事な方がいらっしゃいます」

「ほう……」

「西洋の彫刻を御仕事にしておいでです」

「それはそれは。で、何というお方ですか」

「小倉惣次郎先生です」

「あ、その方なら知っていますよ。水戸さまのお屋敷にいらした方でしょう」

まあ！　と初子は目を瞠った。田崎の世間の広さに一驚していた。

「なに、知っているといっても一度お会いしただけです。外国のお得意さんに牙彫の面白いのをと頼まれましてね。その人はすでに根付は何個も持っておいでになる。根付のような小さなものではなく、飾り棚に置けるくらいの、それも日本的なものをとの注文でしてな。それで人伝てに小倉先生のお店を聞いて依頼に出向きましたが、ものの見事に断わられました。土産物ならそのての職人がいくらもいる、とおっしゃられましてな。いや、お志の高いご立派な先生です」

最後は皮肉らしかったが、初子は無視した。

――この人には先生のお仕事はわかるまい。

そう思うといっそ可笑しかった。ふと、この男に胸のわだかまりを話してみようという気になったのも、しょせんは縁なき衆生といった気楽さが手伝ったのかもしれない。

気晴らしのような気持で初子は、惣次郎のもとへ三年間通って洋風彫刻を学んだこと、養父のきめた婚約のこと、惣次郎に京都や奈良の寺々の見学をすすめられたことなどを話した。

田崎はキセルを吹かしながら聞いていたが、初子が言葉を切ると、キセルの首をぽんと灰吹きへ打ちつけて「おやりなさい」と言った。

「そうですとも、ぜひおやりなさい。女だからといって自分の好きな道を諦めねばならない法はない。京都にはわたしの知り合いがいる。紹介状を書いてあげますからそこを訪ねてお行きなさい」

初子は一瞬意味がわからないというふうに田崎を見返した。そして次に強い狼狽におそわれた。瓢箪から駒のこんな救助を、自分がどこかで期待していたような気がしたのである。

三　勘当

三年坂から円山公園へつづく道を歩きながら、初子は物思いにふけっていた。

京都へきてすでに二年の余になる。京都も奈良もおもだつ寺は大方まわり尽くして、東京が恋しくなっていた。それ以上に人恋しさが増していた。どこを歩いても、旅館の部屋にもどっても、いまや初子は見事に一人ぽっちだった。

二年前の夏、初子は与兵衛に懇願して、一カ月の約束で京都へきたものの、期限がきても帰京しなかった。おまけに行方を晦ましたので、養父母を怒らせ、とうとう勘当《かんどう》の身となった。もはや東京へもどるにも、もどるべき家もなかった。その心細さが身に沁みて、いっそう人恋しさを募らせるようだった。

――先生……。

と初子は師・惣次郎の面影に呼びかけてみる。先生のお言葉に従って京へ参りました。沢山の寺社や名所をまわって、沢山の御仏に会いデッサンもしました。画帖が幾冊も御仏や風物で埋まりました。でもここにはそれを見てくれる人も、感動を聞いてくれる人もいません。帰りたいです……。

胸の呟きが思わず声に出た。二人連れの女が怪訝そうに視線をくれてすれちがっていった。清水寺にも通じるこの道筋はいつも人通りが絶えない。ましていまは人を誘う紅葉の真っ盛りであった。

二年前にはその紅葉が、生まれてはじめて目にする秋のように新鮮に映った。

その頃はまだ紅殻格子のつづく西陣の機屋に居候をしていた。低い家並のそこ此処から機織りの音が流れ、青洟をたらした子供らが路地を走りまわる騒がしい町のなかに、田崎常平を恩人とよぶ三十代の夫婦が機屋をいとなんでいた。田崎が書いてくれた紹介状は、その夫婦に当てたものだった。みるからに人の好さそうな夫婦は、紹介状に目を通すと、田崎から連絡があって待っていたと、快く初子を迎え入れた。初子が当座の宿泊費を差し出すと、すでに田崎かららもらっていると言って受け取らなかった。

あてがわれた部屋は若い織子と一緒の部屋であったが、そのほうが気楽でよかった。彼女から京都の古刹や道順を訊いたり、デッサンをみせたりして、初子はその年の夏を興奮のうちに過ごした。

養父の与兵衛から郵便で現金が送られてきたのは八月の末であった。手紙が添えられていて、約束の期限が数日過ぎていること、この金で身辺を清算して直ちに帰京せよと書いてあった。

初子はそれを無視した。京都へきて一カ月と少々。京にも奈良にも、まだまだ見学したいところが沢山あった。ましてこのとき初子は、数日前に訪れたばかりの、奈良中宮寺の弥勒菩薩《みろくぼさつ》や京都は永観堂の見返り阿弥陀に強い衝撃をうけた直後であった。それはただの彫刻ではなかった。西洋美術のいう写実をつきぬけた美と祈りの結晶だった。しかもそれは人の世に屹立しているのではなく、人の世と同じ高さで、跪き額づきして乞い祈る人の心に向き合っていた。

――これが美というものなのだ。

初子は震える心でそう思った。そのときから初子にとって彫刻はほとんど信仰に等しいものに高まっていた。

このさなかに見学を中止して帰れるわけがなかった。

その後十日近くたって、また与兵衛から手紙がとどいた。初子の約束違反を咎め、この手紙が着き次第帰京しないときは、英三郎への申し訳に親子の縁を切ると書いてあった。初子はそれを冷静に分析した。親子の縁を切るといえば、初子が縮みあがって帰ってくるとたかをくくっている気配が、脅しの陰に感じられる。がその一方で、このままでは済まさぬという決意も読みとれた。

最後の手段として、与兵衛が京都まで初子を連れもどしにくることもあり得ると思われた。そしてそれは意外に早く、おそらく直ぐ次の役所の休日あたりだと推測された。

土曜日の朝、初子は着替えと画帖を風呂敷に包み、機屋の夫婦に奈良をみてくると告げて機屋を出た。懐ろには、八月の末に与兵衛からとどいた金子が、ほとんど手つかずで残っていた。機屋に支払う滞在費は田崎から送られているのを知って以来、初子は持ち金すべてを自分自身でつかっていた。

世間には、才能を持ちながら貧しい画家や彫刻家などの、援助を道楽にしている資産家がいる。師の惣次郎も一時期水戸家の庇護をうけていた。明治以前はそうした役を各藩の大名たちが担っていたのだ。日本の各地に残る彫り物や絵画などの多くが、そうした関係のうえに生まれてきたものならば、自分もその恩恵に与って悪いはずはない。初子は田崎の好意を勝手にそう解釈していた。

そして初子は奈良に着くと安宿に腰を据えて、法隆寺、東大寺、中宮寺、法華寺、秋篠寺などを見学し、持ち金のほとんどを遣いはたしたところで、京都の機屋へもどった。十月もなかばに入っていた。

「まあ、まあお嬢さん、奈良といってどこへ行っておいやした。あのあと直ぐお父さまが東京からお越しなされて、それはえらいお怒りどしたえ。お嬢さんのことを、もう娘でも親子でもない、親子の縁は切ったと頭から湯気立ててお帰りどしたえ」

機屋の女房はいまだに興奮のさめやらぬ口調で、その日の一波瀾を語り、与兵衛から託された手紙を初子の膝に載せた。

機屋に紙と筆を借りてかきなぐったらしいそれは、一語一語に怒りがほとばしっていた。本日この場をもって勘当したからには、もはや帰るにはおよばぬ。京でも奈良でも好きな処で暮らすがよい――。とそう結ばれた末尾に目をとめると、初子はそのまま悄然と肩を落とした。さすがに胸が凍った。

――とうとう家なし子になってしまった。

けれどそれでもなお、いま直ぐ荷物をまとめて飛んで帰り、父に泣きを入れようとは考えなかった。惣次郎か田崎か、どちらかが救ってくれるように思い、それを待つ気持があった。

このありさまを機屋夫婦が知らせたらしく、それから数日後、田崎がやってきた。

初子は持ち金をすっかり遣いはたしてしまい、遠出はできなくなっていた。その日は朝から画帖をひらいて記憶を掘り返したり、京都の観光案内図をひらいて、次の目標を考えているところだった。

廊下に話声をもつれさせて機屋の女房と田崎が顔をみせた。

「そんなら旦那《だん》さん、あんじょうお頼《た》の申します」

女房が小腰をかがめて退き下がると、田崎は敷居際に立ったまま、

「お嬢さん、勘当になったそうですな」

と可笑しそうに言った。

「ええ、おかげさまで」

初子は田崎の出現に躍りあがりたいほどの気持なのを抑えて、切り返した。

「いや、それだけ元気なら結構。いかがです、ちょいと外へ出ませんか」

「このところ歩き疲れてます」

「車を呼んであげますよ。折角きたのだから京都らしい料理を馳走しますよ」

「この家では、京都の名物とかで、よく湯葉が出ます。でもわたしは湯葉は苦手です」

と初子は鼻にかかった声音で甘えた。

「はいはい、わかりましたよ」

田崎は高笑いして初子を促した。

人力車を二台つらねて着いたところは、清水寺に近い「清水」という料亭だった。料亭を看板にはしているが、もとは旅館で宿泊客もうけ入れているという。

「ところでお嬢さん、そろそろ機屋を引揚げて、こちらへ移りませんか。あんな騒動があっては、あなたも居辛いでしょうし、機屋のほうでも困惑してましてね」

田崎は初子に酒をすすめながら言った。

「ここはわたしが京の宿にしているところで、女将とは旧知の間柄ですから、気兼ねはいりません。旅館のほうは少々建物が古びているが、まあ勉強中の身のことだし、機屋の部屋よりはましでしょう。長期滞在者の部屋が十一月末には空くそうだから、ぜひ移りなさい」

話のあいだへ、ゆで卵のようなつるりとした顔立ちの、四十前後と思われる女があらわれた。女将だという。田崎と親しげな挨拶を交わしたあと、女将は初子へ笑顔を向けた。

「こちらさんがお手紙にございました乾はつさまでおいやすか」

どうぞよろしくと頭を下げる初子のあとを、田崎がひきとった。

「いまはまだ修行中だが、いずれ女流彫刻家として名を成す人だ。しっかりお世話してくれたまえ」

「へえ、それはもう……」

さらに二言三言用件を交わして女将が退がると、田崎はふっと表情を変えて、

「若くみえるが、あれでもう五十近いんだよ」

と言った。初子は黙って田崎をみつめた。女将とは旧知の間柄だと言いながら、裏で抜け目なく女の品定めをしている男の、猥りがましさを見る気がした。

「田崎さんはおいくつですか」

とつい訊いてみたくなった。田崎とて若くはない。太り肉《じし》で身なりの良さから若々しくはみえるが、四十の峠には達しているだろう。

しかし田崎は素知らぬふりで初子の質問を遣りすごし、このたび横浜の事務所を拡張して支店へ格上げしたと言い、名刺をとり出した。

「何か用ができたときは、横浜のこの住所へ連絡なさい」

言いながら懐ろから分厚い財布をとり出し、持ち合わせだから沢山はあげられないが、と厚みの三分の一近くを懐紙にはさんで初子の前へ置いた。

ありがとうございますと、初子は遠慮なくうけとった。正直いって嬉しかった。これでまた

寺めぐりが続けられる。人力車を雇って遠出もできる。茶店で甘酒をすすり団子もたべられる。

「それにしても田崎さんのお顔の広さには、ほんと驚きですわ。あちこちに知り合いがいらして、だから商いも手広くできるのでしょうね」

初子は気持がはずむままに柄にもない世辞を言った。田崎はからからと笑った。

「驚くようなことじゃありませんよ。親父が生前京都で糸問屋をいとなんでいた、その縁があるだけのことです」


それ以来また初子は活き活きと、京都や奈良の寺社をめぐるようになった。旅館清水へ移ってからは、焼きもの用の粘土で小ぶりの人物像を彫ることもはじめた。

初子が京都や奈良の寺々をまわって一つ発見したことがあるとすれば、それは優れた像には優れた表情があるということだった。あるいは表情というより表情に表現された精神、もしくは精神の貌といったほうが的確かもしれない。それを人物像の上にも表現するのだという目標を、初子は持つようになっていた。

それは予想以上に苦しい作業だった。慈悲、瞑想、憤怒、嘆き、微笑み、さまざまな仏像たちの貌が頭のなかにひしめいているが、それをただ写したのでは単なる模作にすぎない。手本を通りぬけて仏臭を払い、人間の顔に置き換えなければ初子の作品にはなり得ないのだ。

近頃では初子は外出するよりも、粘土に向かっている時間のほうが多くなっていた。田崎へは月ごとに横浜の支店宛に近況を書き送っていた。手紙を出すと、返事の代りに郵便小為替がとどいた。盆と暮れには田崎自身が京都へやってきて、初子に着物などを買ってくれたりした。いつからか初子は田崎の来京を心待ちするようになっていた。

――あの人に、東京へもどりたいと訴えてみようか。

と初子は思う。そう言えば田崎はむしろ手間がはぶけると喜んでくれそうな気がする。いずれにしても、いま初子が頼れる相手は田崎しかいなかった。

第三章　パトロン

一　苦い代償

年があけて梅の花が咲きだす頃、初子は東京へもどった。

田崎が用意してくれたのは、同業者仲間の持家だという亀戸の寮であった。亀戸神社にほど近い雑木林のなかの一軒家で、雑木林のはずれにもう一軒、寮らしい建物があるほかは、畑とまばらな農家があるばかりの寂しいところだ。

背の低い、顔も体躯もまるまるとした男が出迎えてくれた。寮の持主で門倉といった。

「なるほど男好きのするべっぴんさんだ。田崎君が惚れるのも無理はない」

挨拶がすむなり門倉は無躾な冗談を放った。

「わたしはそんなことを言った覚えはないよ」

田崎はとぼけたが、めずらしく顔に朱が走った。

「まあいい。ちょうど掃除も終ったところだ。なにしろ一年の余も放ってあったから、どこもかしこも埃まみれで驚いたよ。先の畑に人影があったので掃除を頼んだのさ」

「それは手数をかけました」

門倉と田崎のやりとりを他人事と聞き流して、初子は家の内を見てまわった。部屋は裏手の台所つづきの四畳半が一つと、六畳八畳がそれぞれ二つあり、部屋ごとに茶箪笥やら衣桁《いこう》やら暮らしの跡がそのまま残されている。押入れをあけると蒲団も積まれていて、台所には使いこまれた鍋釜から食器類まで揃っていた。

門倉が掃除を頼んだという相手であろう、台所内の井戸端で中年の女と二十前後の女が雑布をしぼっていた。

西の六畳へ入ると、丸窓の磨りガラスいっぱいに陽の色があり、ぬくもった空気のなかに仄かな花の匂いが漂っている。窓をあけてみると目の前に二本の梅の木があった。西陽をうけて薄紅の小花が枝いっぱいに咲き匂っているのだった。

「門倉さんがお帰りだよ」

と田崎が呼んだ。まるで女房を呼ぶような口ぶりである。田崎の横で門倉がニヤニヤしていた。どうにも好意の持てない男だが、とにかく家主である。初子は慇懃《いんぎん》に頭を下げた。

「どうぞお気をつけて……」

「はいはい、ありがとさん。あなたもせいぜいお気張りなされや」

門倉は最後までふざけた言葉を残して帰っていった。

その後姿を見送って初子は頬をふくらませた。

「思わせぶりな、変なことばかりいう人」

気にしなさんな、と田崎は苦笑した。

「少々あけすけなところはあるが、根はいい男なんだ」

「でも、初対面なのに……」

「まあまあ。それより明日からのことだが、さきほど掃除をしてくれた親子に、女中がくるまで家事をみてくれるよう頼んでおいたからね。まあ四・五日のうちには口入れ屋から女中もくるだろう。差し当たってきょうのところは外で夕食をとるとして、そうそう、あんたの帰京祝いをやらなくちゃね」

田崎はそう言うと、初子の機嫌を引き立てるように、両手をぱんぱんと叩き鳴らした。

「さあさあ、お出ましお出まし」

「着いたばかりに気忙しいこと」

初子はまだ少し拗《す》ねてみせながらも、衣桁に掛けておいた吾妻コートをとりあげた。それを田崎が横からとって初子の肩へ着せ掛けながら、いま東京では娘たちのあいだで、肩から腰まで包む大きなショールが流行っていると言った。

「襟足のきれいな、柳腰の娘がそれを掛けて歩いているところは、風情があっていいものだよ」

「そうなの。鼻の下を長くして見とれている誰かさんが、目に浮かぶわ」

と初子はいたずらっぽく横目で睨んだ。

「言ってくれるじゃないか」

田崎は指で初子の鼻を弾く真似をして、目に笑いを浮かべた。

「そんな憎まれ口を叩くなら、買ってやらないよ」

「まあ、買って下さるの」

「欲しいかい」

「ええ、もちろん欲しいわ」

初子は科《しな》を作ってみせながら、一瞬真顔になりかけた。何か鋭いものが意識をかすめたのだった。何だろう、とかすめたものの影を追いそうになりながら、しかし次の瞬間初子は田崎の腕をとり、玄関へ向かっていた。

東京へもどってまだ二・三時間であった。新橋駅で、出迎えにきてくれた田崎をみつけたときの、噴きあげるような感激がまだ余韻をひいている。久方ぶりに東京の空気に触れたこの喜びを、いまはただ無心に満喫したかった。

実際田崎には感謝して余りあるほど世話になった、と初子は思う。京都以来三年ものあいだ、初子は田崎の好意を甘受してきた。ここまで厄介になって本当にいいのだろうか、と疑問を抱かなかったわけではない。しかしそうするしか生活の方途のない現実が、初子の目を閉じさせた。

そしてそれは月日がたつにつれて自然のことになり、田崎を頼る気持も深まっていった。田崎が一方的に貢ぐだけで何の代償も求めなかったことが、彼への信頼にもなった。二人の関係は依然として庇護者と被庇護者にとどまっていた。ただ一つ変化があるとすれば、お互いに遠慮がとれ、馴れ馴れしい口をきくようになったことと、田崎の口から出ていた「お嬢さん」が消え、「はっちゃん」とか「あんた」に変わったことだが、それはむしろ当然の変化といえるだろう。


三日後、初子は京都で描き溜めた画帖をたずさえて、小倉惣次郎の住む鍛冶町に向かった。歩いて行こうと考えたのは、師に会う喜びを長引かせたかったのかもしれない。京都や奈良の寺めぐりで足腰が鍛えられたのか、歩くことが少しも苦にならなかった。

外気はまだきりりと冷たかったが、風が弱く日射しにはさすがに春の近さが感じられた。

両国橋にさしかかったとき、かつてここで木津英三郎と花火をみたことが思い出され、ちらと胸を刺されたが、束の間にそれは消え去った。その頃から知らず識らず足が速くなった。そして鍛冶町に入り、見覚えのある路地の入口に着くなり初子は走りだした。

だが目当ての家には、貸家の貼り紙が出ていた。一瞬、家をまちがえたと思った。しかし隣家は以前のままの履物職人の家である。夫婦が板の間に座って下駄の緒をすげていた。惣次郎の転居先を尋ねると、夫婦は顔を見合わせて「知らないねえ」と首を振った。

無人の家の軒下で初子は途方にくれた。養父に勘当されたときはまだしも覚悟ができていた。けれど師と行きはぐれるなどとは考えもしなかった。

——一体なんのために京都まで行き、またなんのために東京へもどってきたのか……。

両親に見離されたあげくに師まで見失った衝撃に、初子は退きも進みもならない心地で身動きができなかった。

しばらくして、隣家から履物屋の女房が出てきた。どこかへ下駄をとどけにでもゆくのか、風呂敷包を背負っている。初子をみると驚いた顔になり「どうされました」と訊いた。

「何でもありません。もう帰ります」

初子は一礼して、ようやく歩きだした。

いつのまにか空一面に雲がひろがっていた。風も出て、寒さが肌に沁みた。

どの道をたどってきたのかも覚えず亀戸に帰り着くと、家の前に色褪せた風呂敷包を抱いた少女が待っていた。

口入れ屋からやってきたという。長いあいだ待っていたらしく、脂気のない髪を風になぶらせて、手も頬も蒼白に凍えている。

初子は急いで少女を家の内へ導き、火鉢の埋み火を掘り出し炭を継ぎ足して、凍えた手を温めさせた。名を訊くと、少女はかすれた声でりつと名乗った。痩せっぽちで十四・五かと見えたが十七歳だという。

「一所懸命お仕えします。どうぞよろしくお頼み申します」

とりつは自己紹介のあいだにぺたりと両手をついて、畳に額を押しつけた。声がかすれているのは、寒さのせいばかりではないようだ。

初子は土瓶を五徳に載せ、湯の沸ききらぬうちに茶を淹れてりつに与えた。りつはうまそうに喉を鳴らして飲んだ。

「こんなおいしいお茶は、はじめていただきました」

「そう。好きなだけお飲みなさい」

おそらく貧しい家庭から放り出されるようにして出てきたのであろう。十七にもなりながら、躰のどこにも女らしいふくらみのない寒々としたりつに、初子は捜していた不運な妹に出会ったようないとおしさを覚えた。親に見離され、いままた師を見失ってしまった心細さが、目の前にあらわれた少女のいたいけなさに、共振れするのかもしれなかった。

「今夜は一緒の部屋で寝ましょうね」

と初子が言うと、りつは目を瞠った。

「それはいけません。ご主人さまと床を並べるなんて、とんでもないことです」

「遠慮しなくていいのよ」

「でも、どうかそれはご勘弁下さいまし」

「そう……。そうね、りつちゃんが気詰まりで眠れないわね」

と初子は諦めた。

日暮れ時、農家の主婦が夕餉の支度にやってくると、りつは大人びた口調で自分が雇われてきたことを告げ、丁重に断わりを言った。初子がその日一日分の手間代を包んで渡すと、主婦は、

「しっかりした女中さんだよ。うちの娘に爪の垢でももらって飲ませてやりたい」

と首を振りながら帰っていった。初子は大いに満足だった。

実際りつはよく気のつく利発な娘だった。十歳のとき母親を亡くし、幼い弟妹の面倒をみな

がら、畳職人の父親を助けてきたというだけあって、家事にも手馴れていた。ただ一つ、ものの考え方が律気すぎて面白味のないところが、玉に瑕といえばいえたが、それはりつの立場からすれば仕方のないことにちがいなかった。

初子はりつを得たおかげで元気をとりもどした。仕事をつづける気にもなって、羞ずかしがるりつをモデルにして粘土を彫ったりした。

その日も、自室にしている西の部屋にりつを呼び、自分の着物を与えて窓際に座らせ、へらを執った。

「そうね、先ずぼんやりと、もの思いに耽ってみてちょうだい」

「ぼんやりと、ですか」

「そう、たとえば子供の頃の楽しかったことを思い浮かべるとか……」

「さあ……。何が楽しかったか……」

「じゃあ、少し顔をあげて微笑んでみて」

「……」

「りっちゃんは横顔がきれいね。日本人は横顔のきれいな人が少ないのよ」

そんなことを言いながらりつのポーズをきめているところへ、玄関のあく音がして、りつが立ちあがると同時に田崎がぬっと顔を出した。

「玄関をあけても誰も出てこない。無用心な家だ」

田崎は言いながらりつをまじまじとみつめた。

「口入れ屋の紹介の人は、あんただね」

「はい。りつと申します」

田崎について初子は何も話していなかったが、りつは瞬時に何かを悟ったらしかった。

「口入れ屋から連絡があったが、直ぐにはこられなくてね。遅まきながら歓迎会をやろうと思って、早目に仕事を切りあげてきたよ」

田崎はそう言って、下げてきた一升壜と鮨折をりつに渡し、二重廻しを脱ぎ捨て初子の前にあぐらをかいた。その田崎へ座蒲団を出し、二重廻しを衣桁に掛け、一升壜を抱いて台所へ退るりつを、初子は寂しい目で見遣った。

東の八畳に七輪を持ち出して酒宴がはじまった。りつは手際よく白菜や人参、豆腐などの土鍋を用意していた。

若いのに気が利くと田崎は上機嫌でりつにも酒を勧めた。りつは猪口一杯で杯を伏せ、飲みてはもっぱら田崎と初子になった。

「こりゃ驚いた。あんたはいける口らしいとはみていたが、わたしと張り合うとは恐れ入った。どちらが先に降参するか勝負といくか」

と田崎がむきになるほど初子は平然と杯を重ねた。これまでにも田崎に勧められて、徳利を一・二本空にしたことはあるが、それに倍するほど飲んだのははじめてだった。酔いが躰の底からじんわりとひろがってくるのは感じられたが、それでも酔って気分が悪くなるわけでも華やぐわけでもない。むしろ飲むほどに頭の芯が冴えて、田崎の顔に朱がひろがるさまをしーんと見ていた。

「ああ酔った。はっちゃんには負けた。降参するよ」

一升壜がほぼ空になる頃、ろれつも怪しくなった田崎は大欠伸をして、その場へごろりと倒れこんだ。たちまち鼾がはじまった。

りつが蒲団を敷き、二人がかりで田崎を転がして蒲団に載せた。そして風呂を沸かすようにりつに言いつけて、初子は自室へもどった。胸の奥にわだかまっているものがあった。

京都にいた頃、田崎は入洛すれば必ず一泊していったが、西陣の機屋で世話になっていたときは外に宿をとり、清水旅館に滞在していたときも、ずっと離れた部屋に泊まって明確に一線を画していた。それがいま、酔いつぶれてやむを得ないとはいえ、玄関をへだてただけのところに鼾をかいている。それが重苦しいのである。

風呂が沸き、湯船に身を沈めると、ようやく気分がほぐれた。風呂のせいか、緊張が解けたせいか急に酔いがゆれのぼってくるようだった。のぼせ気味で風呂からあがると、すでに自室に蒲団が敷かれ、枕元にはコップと水差しがいつも通りに置いてある。

――そうなのだ。いつもと同じなのだ。

そう初子は思い、ひと息に水を飲むと蒲団にもぐった。

どれほど眠ったのか、奇妙な感覚に目がさめた。黒い大きな影が躰にのしかぶさり、唇を塞いでいた。窓から射し込む月明りに確かめるまでもなかった。田崎だと直感すると怒りが噴きあげた。初子は全身の力を腕にこめた。だが押しのけようとする力を逆にとられて、羽交い締めに抑えこまれてしまった。

「やめて、やめて下さい。りつを呼びますよ」

「よせ。わたしを獣にするつもりか」

初子はぎょっとした。

獣になる――恐ろしい言葉だった。しかもそれは単なる脅しではなかった。脅し以上に田崎の意志であった。それでもりつを呼んで田崎に恥をかかせるか……。それとも……。追いつめられた小動物の悲しみが泪となって目尻にあふれた。初子は力萎え、目を閉じた。いつかこんなことになると、わかっていたといえば嘘になる。わかっていなかったといっても嘘になる。ただそれを意識の外へ追い遣って、田崎の援助を甘受してきた自分のだらしなさ、いい加減さが口惜しかった。

二 心の飢え

東京へもどって二度目の秋であった。初子は足首まで隠れる臙脂《えんじ》のスカートに淡いらくだ色のブラウス姿で、夕暮れの銀座通りを歩いていた。通りにある洋食店で田崎と待ち合わせ、夕食を共にする約束だった。約束の時間には少し間があった。

日曜日のこととて、通りには大勢の男女が行き交っている。暮色が深まり商店やガス灯の灯りが輝きを増すにつれて、人出が増えてくるようである。

初子はいろんなショーウインドーを覗きながら時間をつぶした。そして洋品店の前に足をとめたときだった。不意に背後に男の影が立ったかと思うと、「洋妾！」と低い鋭い声が首筋へとんできた。一瞬のことで顔は確認できなかったが、後姿は小倉袴をはいた書生風の男だった。

明治二十年代なかばのこの頃は、男の服装は巡査や鉄道員などの職業のほか、一般にも洋服が普及しだしていたが、女については上流階級の礼服や遊び着を除いて、ほとんど和服に占められていた。女の洋装は洋化のすすむ銀座でも人目をひくのに充分だった。もちろん好意的な視線は少ない。大方は眉をひそめるか顔をそむけるかであるが、なかにはあからさまに侮蔑を投げつける者もいた。

だが初子は歯牙にもかけなかった。洋服を身に着けたときから、まわりの反応は承知していた。どうせろくなことは言うまい。気にすることはない。髪を切り、丁髷《ちょんまげ》の代わりに鳥打帽子を頭に載せ、ガス灯の下を歩いて、煉瓦造りの洋食店で牛肉を食べながら、女の洋装には白目を剥く。世間なんてそんなものだと切り捨てていた。

そのくせ強がりの裏に苦いものがわだかまっていた。どこかで何かをごまかしている気がするのである。そしてそれは田崎の囲い者に堕ちたことと無関係ではないにちがいなかった。

そもそも初子が洋装を思い立ったのは、田崎との関係が単なる援助者を越えたときと一致していた。

それがどういうことか突き詰めて考えたわけではなかったが、田崎との関係を受け入れてゆくには、たとえば青虫が古い殻を脱いで羽根を獲得するように、初子にも新しい衣裳が必要だった――。そのときの気持を言葉にすれば、そうなる。それが洋服だったといえば、いかにも突飛だが、実際にはそれは他の何かでもよかったのだ。

――だが、わたしは本当に新しい衣裳を得たのだろうか。

と初子は自問してみる。しかし自問は胸の裏の苦しみを増すことはあっても、解答にはつながらなかった。

初子は歩道にもどって約束の店をめざした。

洋食店では衝立で仕切られた奥の席で、一足先に田崎が待っていた。羽織姿の男と顔を寄せ合うように話しこんでいる。初子がためらっていると、田崎が先に気づいて「よう」と片手を挙げた。それに合わせて男が振り向く。門倉であった。

「これは、これは、田崎君チのメリケンさんのご登場で……」

と門倉は相変わらず無躾だった。

「それじゃ頼みましたよ」

と何事か念を押して門倉が自分の席へ退くと、田崎はとりなし顔で言った。

「気にしなさんな。あれでも褒めているつもりなんだ」

「かまいません」

と初子はこたえた。

「いまも行きずりの書生に、洋妾と嘲《あざけ》けられてきたばかりです」

田崎は眉をひそめた。

「困ったものだ、頭の古い連中には。しかしいまにみていなさい。女だっていつまでも躰を締めつける和服になんぞこだわっちゃいない。とくに若い娘《こ》たちが競って洋服を着るようになる」

「そうでしょうか」

そうだとしても自分にはかかわりないことだ、と思いながら初子は田崎の背後の壁に目をやっていた。一枚のポスターがそこにあった。彫工会の展覧会を知らせるポスターである。

彫工会とは正式には東京彫工会といい、明治十九年十一月、牙彫作家を中心に結成された団体で、旭玉山はじめ牙彫界の第一人者と称される作家連のほか、木彫では高村光雲とその弟子の林美雲が名をつらねていた。

初子が十二歳で小倉惣次郎に入門した当時、根付からはじまった牙彫は来日外国人にもてはやされ、輸出品の品目になるほどの全盛期を迎えていた。その形態も根付から離れて置物用へと大形化しはじめていた。

しかしその後、牙彫は急速に需要を失ってゆく。形状の大形化による価格の高騰に加えて、作品の通俗性があらわになり、高度な写実作品を見慣れた西欧人の目に退けられる結果となったのだ。

ここへきて牙彫界に反省の気運が高まり、心ある作家たちが同志を募って勉強会をひらくようになった。彫工会はそれが発展して組織化されたものである。

会の発足当初はまだ会員間の勉強会というかたちであったが、年毎に会員や支援者が増え、基礎の固まった明治二十一年、上野の美術協会陳列館で第一回彫刻競技会をひらくに至った。

これが一般にも公開された最初の彫工展である。

以来彫工展は毎年恒例の競技会となり、牙彫のほか竹彫や金彫など幅をひろげつつあった。

――その彫工会が、洋食店にまでポスターを貼るほど大きくなったということだろうか。

初子はぼんやりとそう思った。寂しさが胸をよぎった。

ここ一年以上、初子はデッサンもせず、へらも執っていなかった。怠けているわけではないが、粘度をねり、へらを執っても、なぜかそこで手が停まってしまうのである。そしてその空白は、いまや喉元まで飢餓感をふくれあがらせていた。

先生、と初子は居場所のわからない惣次郎へ呼びかけてみる。

――もう一度わたしに彫刻をさせて下さい。先生の世界へもどりたい。もどりたいのです。

「さあ、はつ。何をぼんやりしているんだ。ここのスープは評判だよ。味わってごらん」

と田崎が言っていた。

薄茶色の透明なスープが皿のなかで湯気を立てていた。

初子は田崎に言われるままスプーンをとった。と突然閃くものがあった。

――そうだ。彫工会だ！

初子は思わず声をあげそうになった。彫工会展を訪ねて行けば、惣次郎の消息が聞けるのではないかと気がついたのである。

翌日、初子は鉄道馬車に乗って上野へ向かった。秋とはいえ、十一月に入ったばかりで、ショールがうっとうしいくらいの暖かさだった。窓から流れこんでくる陽にぬくもった風のにおいを嗅ぎながら、初子は幾度も深呼吸をして、弾む胸をととのえた。

上野の森に囲まれた会場は、遊山ついでの観客もあるらしく、かなり賑わっていた。受付で小倉惣次郎の名を訪ねると、若いほうの男が会場内から三十代とおぼしい男を連れ出してきた。男は初子の問いをうけると、その名は聞き及んでいるが彫工会員ではない、と言ったあと受付の青年に、

「ひょっとして明治美術会のほうかな」

と質問を向けた。

初子ははじめて耳にする名称だった。

「明治美術会、ですか」

「そう。いまやはりこの上野で展覧会をやっていますよ」

洋画家が中心になっている会だが、最近では洋風彫刻家も参加しはじめていると聞くから、あるいはそちらで訊けばわかるかもしれない、と言う男に初子は丁重に礼を述べて会場を出た。同じ時期に、同じ上野で明治美術会が展覧会を催しているとは、いかにも幸運だった。初子はもう師を捜し当てたような気持であった。

教えられた場所は不忍池畔にあった。そこでも同様に惣次郎の名を出して訊ねると、受付の女性がテーブルの予定表を指でたどって、

「小倉先生は、きょうはお出になるかどうかわかりませんが、明後日の午後でしたら」

と言った。惣次郎の作品も展示されているという。

――とうとう先生を捜し当てた！

初子は全身が熱くなった。明後日まで待てない。作品にだけでも、きょうこの場で触れておきたかった。

場内は洋画という物珍しさも手伝ってか、彫工展に劣らぬ観覧者を集めていた。初子は人の流れにさからって惣次郎の作品を捜した。

惣次郎は「青雲」と題した若い男の胸像を出品していた。目鼻立ちの初々しい若者が、顎を反らし気味に遥かな空間をみつめていた。その視線の先にあるのは時代の風なのか、それとも若者自身の門出の姿であろうか。面立ちの初々しさが、けなげな印象を引き連れた作品だった。

――やはり先生は素晴らしい作品をお作りになる。

初子は懐かしさをこめて見入った。と、右手に人影が立ち「わたしを訪ねてこられたのは……」と声がした。聞き覚えのある声だった。

初子は振り向き、絶句した。鼻の奥がじーんと熱くなり、泪が噴き出した。

「や、乾君か。洋装の美人が訪ねてきたというから誰かと思ったら」

「……」

「なんだ、なんだ。そんな勇ましい恰好をして、泣くんじゃないよ」

囲りの観覧者が不思議そうに二人をみていた。その視線からかばうように、惣次郎は初子を外へ連れ出した。

会場近くの茶店に腰を下ろすと、初子はようやく笑顔になった。

「先生は、わたしを京都へ遣ったまま鍛冶町からいなくなってしまうなんて、ひどいじゃありませんか」

「やあ、済まない。悪かったよ。しかし京都や奈良は勉強になっただろう?」

「はい、デッサンもひとかかえしました」

「ほう、それはぜひ見てみたいな。もちろんいまも勉強をつづけているんだろうね」

はい、と言いかけて初子は口ごもった。そして咄嗟に狼狽を殺して話題を変えた。養父に勘当され婚約も立ち消えになったことを話すと、惣次郎の顔が厳しくなった。

「それはいけない。まずいことになったなあ。わたしにも大いに責任があるね」

「……」

「で、いまは何をして食べているのかね」

初子は今度こそ本当に狼狽した。めしの炊き方一つ知らない女が親に勘当されて、どうして食べているのか誰もが怪しむだろう。けれど田崎の囲い者になったなどとは、口が裂けても言えないことだった。

惣次郎の目にはじめて疑いの色が射した。が、惣次郎はそれをすぐ微笑に変えた。追求してはならないものを察したのかもしれない。運ばれてきたみたらし団子を勧めて、初子が京都へ行く前に預けていった小町像が売れて、その代金を預かっていると言った。

「そうそう、その買い手が、君に彫り物の原型を頼みたいと言っていた。あれ以来何年も経っているが、訪ねて行けば喜んで仕事をくれるだろう。」

初子は身を固くして惣次郎の言葉をうけた。師のありがたさがしみじみと身に沁みた。

三　女流彫刻家として

明治二十九年秋、初子に嬉しい知らせが舞いこんだ。彫工展に出品した牙彫の布袋像が銅牌を授かったのである。月谷初子の雅号で、二十七年から毎年出品してきて三年目の栄誉であった。

「よろしゅうございましたなあ。これで先生も立派な彫刻家だ。わたしも大きな顔ができるというもの。今後はこれを足場に、どんどん階段を登っていただきましょう」

と商売気半分に初子の受賞を真っ先に祝ってくれたのは、小舟町で三味線の撥《ばち》を製造販売している八橋幸兵衛だった。

その四年前の晩秋、初子が小倉惣次郎の紹介状をたずさえて幸兵衛を訪ねたとき、彼は惣次郎の手元から買い取った小町像のことをまだしっかり覚えていて、

「あれは女の方の手だと聞いておりましたが、あなたさまでございましたか。それはまあ、よく訪ねて下さいました。」

と真底嬉しそうに相好をくずした。

幸兵衛は本業の撥屋のほかに、道具屋の注文をうけては、種々な彫り物をその筋の職人に彫らせていた。しかしそのための原型作りというような賃仕事には、一人前の彫刻家は望めない。かといって絵図の見本では職人の手に余り、出来上がりに不満が出る。そんなわけで、初子のようにしっかりと技術を学んだ彫り手は、少々無理をしてでも迎えたい相手だった。

「あなたさまが、わたしどもの仕事を請けて下さるのでしたら、手間賃のほかに色をつけさせていただきましょう」

幸兵衛は揉み手をしながら、そう言った。

以来、初子は幸兵衛の注文に応じて、鳥獣から人物まで種々の原型を拵えてきた。材料の油土は幸兵衛持ちだが、初子が望めば、原型は使用後にもらいうけることもできる、という条件だった。

牙彫をはじめたのも幸兵衛の勧めによった。油土の原型では手間賃にしかならないが、じかに象牙を彫ってくれれば、利益を折半にしようと幸兵衛が切り出したのである。

利益云々よりも新しい挑戦に初子は心を惹かれた。深い光沢を秘めた象牙の美しさにも魅力を覚えた。どのみち修行なら何でもやってみようと思った。

幸兵衛の雇職人に小刀の使い方を習い、木材で練習する一方で初子は彫工会に入会し、先輩たちの作品で目を養った。

そうして生まれた最初の牙彫作品を彫工展に出品した。

「さすがですな。職人がいくら器用に月谷さまの作品を模作しても、こうはいきません」

と幸兵衛は褒めたが、それは特別の注目を浴びることもなく、道具屋へ売られていった。

しかしその経験はむしろ励みになった。自分にはこれまでの長い研鑽がある。それを決して無駄にはすまいと初子は自身に誓った。

それから三年、銅牌ながらとうとう月谷初子の名が認められたのである。それはただ、一つの賞を授かったというだけにとどまらなかった。受賞と同時に、初子を見る彫刻家仲間の目に祝福にせよ反感にせよ、きのうまでの無視に等しい素通りとはちがって、明らかにある種の緊張が生まれていた。そしてそれは幸兵衛の言うとおり、確実に階段を登りはじめたことを初子に意識させた。

そして翌三十年春、初子は『和歌三人』と『小春日少女』の石膏作品をひっさげて、今度は美術協会展に挑戦した。前者は和歌を詠む女たちの表情を、それぞれ個性豊かに表現し、後者は秋の日射しをうけて微笑む少女の、無心の愛らしさを彫りあげた初子会心の作であった。

作品は発表と同時に高い評判をよんだ。今回の金牌は月谷初子だと囁く声も流れて、初子は高ぶる気持を抑えられなかった。

結果は金牌にこそ届かなかったものの、みごと銀牌の栄冠に輝いた。そのうえ作品が農商務省の買いあげにきまり、思いがけない金額を授ることになった。

——これが美術というものなのだ……。

初子は高揚感を噛みしめるようにそう思った。そしてこのときはじめて田崎との訣別を意識した。こうして順調に受賞を重ねてゆけば、そう遠くない日に名実ともに一人立ちできるだろう。誰の支配もうけず、自分の腕一本で世の中を渡る……そう想像すると、初子は腹の底からわきあがる哄笑を身内に覚えた。

このとき初子は横浜への引越しを間近に控えていた。横浜の支店に詰めることが多くなった田崎が、宿代わりに初子名義で、野毛山の近くにこぢんまりとした古家を買いとったのである。家を与えられ、そこに移り住むことを承知しながら、一方で別れの日を計るという矛盾を、初子はしかし矛盾とは思いもしなかった。もともと初子が望んだ引越しではない。田崎が一方的にきめたことに従ったまでである。

それに田崎との関係はいつか終るべきものだった。それが一年先であろうと十年先であろうと同じことだ。田崎には世話になったが、そのぶん彼も一人の女の華の時期を堪能《たんのう》したはずである。貸し借りなしの差し引きゼロ。田崎との訣別に精算書が必要だとするなら、初子の回答はそうなるのだった。

美術協会展での銀牌受賞によって、初子の身辺はにわかに慌しくなった。さすがに養父の乾与兵衛こそあらわれなかったが、彫刻を頼みたいという者から昔の友人・知己を名乗る者まで、さまざまな人物が面会をもとめてきた。一躍有名人だね、と仲間にひやかされて初子は苦笑したが、悪い気はしなかった。

そうしたなかで、しかし小倉惣次郎の目はきびしかった。

会期の最終日に協会に姿をみせた惣次郎は、初子の受賞を祝福しながらも、先の彫工会展での『布袋』といい今回の二作といい、作風が写実から遠ざかり、感覚的表現に傾いていることに懸念を示した。

「たしかに君はどんどんうまくなっている。これで自分の才気を抑えることを会得すれば、さらに高い作品が得られるだろう。ただ月谷初子の本道は洋風彫刻だよ。いろんなところで、いろんなものに挑戦するのは結構だが、本道の写実を忘れてミイラ取りがミイラにならないように願っているよ」

痛い指摘だった。けれどそれは初子自身すでにわかっている変化でもあった。

いつからか初子は自分の気持が、在るものを在るままに写すよりも、対象の内側を表現する方向へ傾いているのを感じていた。現実の形を忠実にかたどるのではなく、自分の心に映ったものを現実として形象化するのである。そしてそれは京都や奈良の古刹をめぐって、多くの古仏たちに出会い、そこに醸し出される静寂と空間の深さに打たれたことと無関係ではない気がするのだった。

でも先生は誤解しておられると初子は思う。

惣次郎にしてみれば、自分が引き合わせた八橋幸兵衛を通して、初子が牙彫へ踏みこみ、それを足場に日本の伝統美術復興を目指す東京彫工会や日本美術協会で、名を挙げてきたことは、痛し痒しといったところだろう。

明治初期の西洋崇拝の波に乗って勃興した西洋美術は、これに対抗して国風美術振興の旗をかかげる美術団体の台頭や、文部省の息のかかった東京美術学校の開校などによって片隅へ押しやられ、かつてラグーザと親交のあった長沼守敬や小倉惣次郎はじめ、工部美術学校出身の彫刻家や洋画家たちが、わずかに孤塁を守っている状況にあった。

　その惣次郎が洋風彫刻の砦を守るのはわかる。初子が写実を忘れて、国風美術の波にのみこまれてしまうのを怖れる気持もわかる。でもそれはちがうのだと初子は思うのだった。洋風彫刻はわたしの基礎だ。写実の迫力、実在感は素晴らしい。それを捨てるつもりはないし忘れもしない。ただわたしは洋風も国風も両方の洗礼をうけて、自分の、月谷初子の道をみつけたいだけなのだ……。

第四章　運命の赤い糸

一　恋の炎

「少々こぶりですが、ご希望どおりの極上品が入りましたので、早速お知らせしたわけでございます」

能戸屋の番頭は手を揉みあわせながらそう言うと、背後で片付けものをしている若い店員を呼び、つづいて何か符牒《ふちょう》めいた言葉を投げた。「せいや」と呼ばれたその店員は同じ言葉を復唱して立ちあがり、ちらと視線を初子へ走らせた。その目と目があったとたん、初子は突然わけもなく狼狽した。

はじめてみる顔だった。二十《はたち》になるかならないか。木綿の黒っぽい和服に紺色の前垂れを掛け、襟に店名の入った印半纏《しるしはんてん》をはおった姿に、まだ初々しさがあった。

「次はどのような作品を見せていただけるのでございましょう。月谷先生のご活躍は、手前どもとしましても商いの励みになります」

奥へ発ってゆく店員を見送って番頭が世辞を言ったが、初子はほとんど上の空だった。ほんの一瞬目があったというだけなのに、その一瞬に見て取った端正な、しかしどこか翳のある若者の面差しが胸に貼りついて、息苦しかった。

まもなく紫の布包みを抱いて、さきほどの店員がもどってきた。

「これでございますか」

と店員が布の端に結びつけられた紙片を示すと、番頭はうなずいて、初子へ笑顔を向けた。そして、これはまだ店に出てまのない者ですがと店員を紹介した。

「よろしくお見知りおきいただきとうございます」

番頭の声に促されて頭を下げる店員へ、初子はぎこちない笑みを返した。

「せいやさん、とおっしゃるのね。どんな字を書きますの」

黙っていては胸の動悸を悟られそうで、初子は強いてどうでもよいことを訊ねた。だが口に出したとたん、それはいま一番知りたいことだと気がついた。

「青に也と書きます」

と店員はこたえた。

「まだ半人前で気が利きませんが、どうぞお引き立てをお願い申します」

そうして青也が退ると、番頭は「よし」といった顔になり、布包みを開いた。口上どおりの極上の象牙があらわれた。まだ若い象の牙だったらしい。肌理《きめ》に濁りがなく、ぬめるような光沢を湛えている。

初子は身を乗り出し、惚れ惚れと見遣りながら呟いた。

「高いんでしょうね……」

まるごと買い取りたい欲望にかられた。

「まあ少々お高うございますが、八橋さまのご贔屓もございますので、ずんと勉強させていただきます」

番頭は膝の上で算盤《そろばん》を弾いた。

「いかがでしょう。半裁でこうなりますが」

半裁にしても、やはり高額である。一本まるごと購入したのでは、蓄えがほとんど消えてしまいそうだった。初子の脳裡を田崎の顔がかすめた。が、すぐ打ち消した。仕事の元手を田崎にはねだりたくなかった。

結局いつもどおり半裁を注文して初子は腰をあげた。もう一度青也の姿を確かめたかったが、怺えた。

なんだ、なんだ！ と外へ出ると思わず自嘲がこみあげた。いい年をして若い男にうろたえて、みっともないったらありゃしない！

――忘れよう、忘れよう。しょせんは別世界の人なのだ。

そう自分を叱って、初子はぐいぐいと人込みへ歩き出した。

実際、汽車に乗り座席に座って目をとじると、瞼に浮かんできたのは青也ではなく、能戸屋でみてきた象牙のしらじらとした美しさだった。それは多分きょうのうちに半分に切断されて、二・三日のうちには配達されてくるだろう。八橋幸兵衛の紹介で能戸屋へ出入りするようになって何年にもなるが、傷も濁りもないあれほどの象牙をみたのははじめてである。それを掌に受けて、作品の構想を練るときを想像すると、知らず識らず笑みがこぼれた。

今年は秋の美術協会展と彫工会展に、それぞれ出品する予定だった。構想も美術協会展の方はほぼまとまっていた。春の午後、うら若い女が窓辺に頬杖をついて、庭にくる小鳥の囀りに聞き入っている。そのうち、とろとろと快い睡魔にとらわれて、夢現の境界へ漂いだしてゆく。そんな姿を作品にするつもりだった。瞼をとじた女の顔には笑みとも放心ともつかない満ち足りた安息が漂っている。陽のぬくもりとともに小鳥の声も聞こえるような、そんな像が彫れたらと想像するだけで心がはずむのである。

しかし逃避もそこまでだった。横浜に着いて、山の手をひとまわりして自宅に帰り着く頃には、初子の心は再び青也の面影に占領されていた。

そしてそれは日が経つにつれて、もう一度青也に会いたいというやみくもな欲求に、初子を駆り立てた。能戸屋から届いた象牙を前にしながら仕事が手につかず、立っても座っても胸を締めつけてくる恋慕に初子は苦しめられた。

これではいけない。このままでは自分が駄目になってしまう。退くにせよ進むにせよ、とにかく決着をつけて、この飢餓地獄のような状況から脱出しなければならないと決意したのは、能戸屋からもどって数日後であった。

初子は箪笥を開き、手当たり次第に着物をひっぱり出した。横浜に移ってからの初子は洋服を捨て和服にもどっていた。横浜では至るところで紅毛碧眼の女たちが目についた。上背があり洋服が板に付いた彼女たちの、堂々とした装いと見較べられるのはごめんだったのだ。

物音をききつけたらしく、お出掛けですかと女中が顔を出した。横浜へ移ってから雇い入れた、とせという名の女中である。年齢は四十とのふれこみだが、実際はもう少し上のようにみえる。どんな前身を持っているのか、女中にしては家事が不得手で、洗濯物を皺だらけのまま干して平気でいる。その謝罪のように、田崎がきた夜は酒の肴に三味線を爪弾き、小唄を聴かせるという妙な女だった。

「お手伝いしましょうか」

と敷居際から訊いてくるので、要らないと初子はこたえてから、思いついてとせを手招いた。

「あなたの目で選んでみて。着手を若く清楚にみせるのはどれかしら」

そうですねえ、と呟きながらとせは、畳に散らばった着物をひとわたり眺めてから、濃紺の泥大島を選んだ。

「奥様のように目元の華やかな色白の方には、こうした地味な色合いのほうが引き立ちますよ。これに赤い帯を締めれば若々しくなりましょう」

自信を持った口吻《ぶ》りだった。

勧められるままに初子は泥大島をとりあげた。手伝いは要らないと言ったのに、とせはあれこれと手出しをして、

「奥さまはまだお若いのですから、ときどきこうして、おめかしをして気散じをなさいまし」

と唆《そそのか》すような口を利いた。

初子はどきりとした。自分の心の内を見透かされている気がした。

「お留守のあいだに、もし旦那さまがお越しになられましたら、どうお伝えしましょう」

と訊ねる口調にも、共犯をほのめかすようなひびきが感じられた。

「仕事の話で幸兵衛さんの店へ行くだけよ。日暮れ前には帰ります」

初子はそう言い訳をして家を出た。しかし咄嗟に出たそのまずい言い訳に、思いがけないヒ

ントを与えられることになった。

――そうだ、わたしには仕事があった。それを口実にすれば誰にも怪しまれないですむではないか。

たとえば、能戸屋でもとめた象牙で青也を彫りたいと言う。そのためのモデルに青也を借りたいと申し込めば、立派な理由になる。少なくとも言葉の裏を詮索《せんさく》されないですむはずである。もっとも、能戸屋がはいそうですかと気安く店員の外出を許すかどうかだが、そのために能戸屋とは長いつきあいの幸兵衛がいるではないか……。

初子はそう思いつくと、やみくもに気負い立っていた気持が鎮まり、ほっと安堵の息をついた。救われた心地だった。

――危ないところだった。

冷静になってみると、何の思案もないまま能戸屋へいきなり駆けこもうとしていた自分に、ぞっとした。そんなことをすれば、能戸屋の暖簾をくぐったとたんに我に帰って、あるいは言葉を失って立ち往生してしまったにちがいないのだ。

でも、これで万事うまくゆく、と初子は呪文をかけるように何度も自分に言い聞かせた。

そして東京へ向かう汽車に乗る頃には、もう次のことを考えていた。青也を連れ出すことができたなら、せいぜい歓待しなければと思った。どこかでおいしいものを食べ、そのあと隅田川の川下りでもしようか。それとも行く春を惜しんで上野の森をそぞろ歩いてみようか……。

汽車が町をぬけ田畑のなかへ走りこむと、車窓は一気に明るくなった。田は一面に水を湛えて輝き、ところどころの苗床に青々と繁った苗が、田植えの間近さを告げていた。

二　恋は臆病

初子の話を聞くと幸兵衛は、ほうと相好を崩した。

「店員をモデルに……。面白いじゃないですか」

そして、そういう話なら善は急げで、これから能戸屋へ行きましょうと即座に腰をあげた。

小舟町から能戸屋のある京橋へは、女の足でも遠くない。それに、歩くにはあつらえ向きの季節である。

肩を並べて歩きだすと、幸兵衛はいま気がついたというふうに初子へ視線を上下させ、

「やはり和服はいい。よくお似合いです」

と目を細めた。それから能戸屋の店員の仕込み方を話しだした。

能戸屋では丁稚を雇うとまず上女中に付けて、主人や客への口のきき方、お茶の運び方まで

みっちり行儀を仕込む。そのあと隣の加工所で、象牙の見分け方や簡単な加工の仕方を職人に習わせる。これは本人の気転や資質によって異なるが、ほぼ三年から四年かかる。そうしてようやく店へ出て番頭の下で商いを習うのだという。長いつきあいだけあって、幸兵衛はさすがに能戸屋の内輪に通じていた。

商家には丁稚とよばれる身分があり、それは山深い貧しい農村などから、口減らしに出されてくる少年が多いということを、初子も漠然とながら知っていた。青也もまたそんな仕合わせ薄い故郷を背後に負っているのだろうか。初子はそう想像して胸を痛めた。

「しかし、なんですな」

幸兵衛はまた口調を変えた。

「その青也とかいう店員は、わたしはちょっと覚えていないが、先生がモデルにしたいとおっしゃるからには、さぞかし美男子なんでしょうね」

揶揄《やゆ》する口吻《ぶ》りではなかったが、初子はどぎまぎして顔に血がのぼるのがわかった。

能戸屋のあるじ、といっても名目は隠居の身の喜左衛門は、同業者仲間の寄り合いに出かけるところであった。番頭の見送りをうけて店から出てきたところに鉢合わせして、立話になり、幸兵衛が初子を紹介して「こちらさんの大事な用件でうかがったのだが」と、思わせぶりな口をきくと、喜左衛門は柔かなまなざしで二人を見較べ、頷いた。

「そういうことでしたら、まあおあがり下さい。なに、寄り合いといっても話の中身は知れております。少々遅れても大事ありません」

喜左衛門は六十をいくつか過ぎているであろうか。髪は白いが二重顎のでっぷりとした顔はつややかで、隠居とはいえ裏ではなお実権をふるっていそうな覇気さえ感じられた。

奥座敷へ招かれて、初子はあらためて挨拶をし、訪問の目的を話した。傍らから幸兵衛が初子の活躍ぶりを吹聴する。

喜左衛門は「ほう、ほう」と相槌を打ち、

「さようでございますか。あなたさまが彫刻をおやりになる。女人の彫刻家とはめずらしい。世の中なるほど頼もしくなりましたな」

と福々しい顔をほころばせ、女中の運んできた茶を愛想よく勧めた。

「その青也という者は、つい一カ月ほど前に店へ出たばかりですが、早速お目にとまりましたとは、これも何かのご縁かもしれませんな。しかしお貸しするにしても、うちでは月なかばと晦日《みそか》に暇を与えておりますが、新規の店員は両日とも休みとは参りません。これはどこの店でも普通のことですわな。従いまして晦日だけが休みになりますが、それでよろしければ……」

「もちろん、ご無理をお願いするのですから、それで充分でございます」

初子はほっとした。緊張が解けたとたん、喉がカラカラになっているのがわかった。頂戴致

左より「万才」（翁）高さ18.1cm（媼）高さ10.1cm、「婦人」高さ21.0cm、「獅子」高さ16.5cm、「都鳥香合」高さ6.5cm

愛知県陶磁資料館蔵　月谷初子作品　左より「草摘み少女」高さ12.0cm、「童女」高さ10.0cm、「天平美人」高さ20.0cm、「寿老人」高さ4.8cm

しますと湯呑みをとりあげると、それを見ながら喜左衛門が手を鳴らした。そして、あらわれた先刻とはちがう女中に青也を呼びにやらせた。

青也は先日と同じ身なりをしていた。奥へ呼ばれたのを、小言でもうけると思ったのか顔がこわばっていた。

「この者でございますな」

と喜左衛門は念押しして、初子の要請を青也に伝えた。

青也は意味がよくのみこめないらしい。

「モデルと申しますと、何をするのでございますか」

と固く警戒する目を初子へ向けた。

「別に大形《おおぎょう》なことではございません」

初子は笑みを返して、言った。庭の草花を写生するのと同じで、ありのままを写させてもらう。服装も普段のままで、気楽に座っていてもらえばよい。そう初子が説明すると、

「むつかしいお話ではない。お役に立ってあげなさい」

と喜左衛門が口を添えた。

六日後、初子は能戸屋へ迎えの人力車を遣って、一足先に浜町の小料理屋へあがった。四十

代の女将が年下の亭主兼板前と一緒に、小女一人を置いて営んでいるささやかな店である。料理も特別なものはないが、座敷が隅田川に面しているのが取柄だった。

青也は、初子の言ったとおり、お仕着せの仕事着から前掛けと半纏を取っただけの身なりで、それも初子の予測よりかなり遅れてやってきた。

「遅くなりまして、申し訳ございません」

と敷居際で詫びを言い、そのままもじもじしている。聞けば京橋から歩いてきたので足が汚れているという。

「まあ、迎えの人力車はどうしましたの」

「人力車などに乗れるわけがありません。人目もありますし。ここまで一緒に歩いてもらいました。随分苦情を言われました」

初子は可笑しいやら気の毒やらで言葉に詰まり、とにかくハンカチを出して青也の足を拭かせた。すべて自分の手落ちだと気がついたのはそのあとだった。実際、考えてみれば青也がお店者の身なり丸出しで、人力車に乗ってこられるわけはなかった。第一そんなことをすれば理由は何であれ、先輩や同輩から白い眼を向けられるのは必定なのだ。この小料理屋を選ぶについても、能戸屋から近すぎず遠すぎず、店構えも立派すぎずと、青也の身になって随分考えたつもりであったが、初子の判断はしょせんどこか独り善がりのところがあるようだった。

ごめんなさいと初子は心から詫びた。そして窓辺へ青也を誘った。隅田川が目の前を流れている。青也は目を瞠った。

「大きな川……」

「隅田川ですよ。はじめてご覧になったの？」

「はい。話には聞いていましたが……」

青也は十五の年に、冬は雪に埋もれる越前の山里から能戸屋へきて、今年は十九になるが、まだ京橋界隈から出たことがなく、きょうはじめて遠出したのだという。

「それじゃ、両国の川開きに誘ってあげましょう」

と初子が水を向けると、青也は首をかしげて、小さく呟いた。

「それは、無理です」

「なぜ？　口実ならいくらでも考えますよ」

言いながら初子は、さりげなく青也に肩を並べた。モデルをつとめるというので散髪をしてきたらしく、きれいに刈りあげられた襟足のあたりから、うっすらと汗のにおいのまじった、日向臭いような体臭が漂っている。まだ汚濁を知らない若い男のにおいだと初子は思い、その思いに詰め寄られて息苦しくなった。

川面を行き来する川舟を眺めながら、あれこれとたわいのない話を交わしているなかへ、膳

が運ばれてきた。それをみると青也は困った顔になり、

「お食事をいただくのですか」

と訊いた。

「ええ。お店にいてもお昼は食べるのでしょ」

「それは、そうですが……」

「心配はご無用よ。お昼もあげないで帰したのでは、なんてケチな唐変木《とうへんぼく》だと、わたしが能戸屋さんに嘲われます」

初子は冗談めかして言い、青也の手を取って座卓の前へ座らせた。

青也は最初こそ皿や鉢数の多さに戸惑って、初子の箸運びを真似たりしていたが、まもなく健啖な食欲をみせはじめた。食事がすすむにつれてよそ行きの顔がほぐれ、まるごと十九歳の若者の顔になってゆくのに初子は見とれた。

青也が箸を置くと、初子は手をのばしてお茶を注いでやりながら言った。

「いいわね、若いってことは。人生これからですものね」

青也は湯呑を軽く押し戴くと、そのまま初子の言葉を吟味するように首をかしげた。

「わたしなんて夏がくると二十九。あなたからみたらいい年のおばさんでしょうね」

「いいえ、そんな。先生はまだお若い。それに、とてもきれいで……」

青也はそう言うと、さっと赤くなった。

「まあ嬉しい。お世辞でも嬉しいわ。でも、もう五つ六つ若かったらもっと嬉しいのだけれど」

「……」

「青也さんは好きな女《ひと》は、もちろんいるんでしょうね」

と不意に青也は視線をそむけた。表情が一瞬で固くなっている。

初子はあわてて言った。

「ごめんなさい。気に障ったかしら」

いえ、と青也は首を振り、固い表情のまま、

「ご馳走になりました」と頭を下げた。そして口調をあらためて仕事にかかってもらいたいと催促した。今のいままで僅かに開いていた扉が、音を立てて閉まってしまった感じだった。

この人には好きな娘《こ》がいる、と初子は思った。それもなんらかの事情で表に出せない恋なのだ。その秘められた触れてはならない傷口に、いま自分は触れてしまったのだ。そう推量せざるを得なかった。

初子はやむなく風呂敷をひらいてデッサン帖を取り出した。が、すぐそれを風呂敷へもどした。気持が突然萎えていた。

「よしましょう。折角のお休みに、つまらない時間を取らせてごめんなさい。もう帰って下さって結構ですよ」

青也はみるみる顔色を失った。

「何かまずいことを仕出かしましたでしょうか。でしたらお詫びします」

「何でもありません。能戸屋さんにはよしなに伝えますから心配なさらないで」

「いいえ、そうはゆきません。このまま帰れなんて……。どうかモデルを勤めさせて下さい」

青也は両手をついた。

初子は悲しくなった。決して突き放しているわけではないのに、青也を怯えさせていると思った。しかしこんな状況で鉛筆をとる気にはなれなかった。

「実はね」

と初子は言った。

「モデルにとお願いしたのは、あなたを外へ連れ出す口実だったの。本当はあなたと二人きりでお話をしてみたくて……。でも青也さんは迷惑そうだから」

「ちがいます」

と青也は強い口調で打ち消した。

「どうかお許し下さい。迷惑だなんて、もしそんなふうにみえましたら、わたしの無調法です。決して迷惑などしておりません」

「ありがとう。でも、なんだか疲れてデッサンする気がなくなりました。帰りましょ」

「ではせめて、道々お供させて下さい。お話したいことがあります」

そういう青也の目に、はじめて彼自身の意思が揺れ立つのが感じられた。

三　鎌倉の海

鎌倉は正月らしく着飾った行楽客で華やいでいた。そのせいか日射しまで明るく感じられた。太陽はほとんど頭上にきている。

駅前の賑わいに青也は目をみはり、洋菓子店や土産物屋の人だかりにいちいち足をとめて、子供のように初子の袖を引っぱった。

初子は苦笑して、

「この辺は帰りの日に、ゆっくり見物させてあげますよ」

とあやすように言って、横浜の自宅から携えてきた重箱の包みを青也に持たせ、閑雀がくれた地図をひらいた。道に迷わないようにと閑雀が書いてくれた地図は、曲り角の店や目印となるものまで、細かく書きこまれていてわかり易かった。

「とりあえず別荘へ行ってお昼を食べて、それからあちこちを見物しましょ」

長谷《はせ》への道をとりながら初子が言うと、青也はわかりましたとこたえ、思い出したように大きな欠伸をもらした。

前日の大晦日は朝から大掃除や餅搗きに追いまわされ、夜は夜で除夜の鐘とともに、主人夫婦の初詣の供を仰せつかったということで、青也は汽車のなかでも欠伸を連発していた。

「それにしても先生は、お金持で気前のいい友達を、持っていらっしゃるのですね」

青也は欠伸の詫びのように言った。別荘の持主である閑雀のことを言っているらしい。

ええ、まあ、と初子は受け流して、でも閑雀は友人といえるのだろうか、とふと思った。閑雀は彫工会の先輩だった。好悪の感情がはっきりしすぎていて、友人のできにくい初子とは対蹠的に、温厚で世話好きな閑雀の身辺には、常に同輩・後輩が取り巻いていた。そしてそういう閑雀を初子は疑問視していた。

確かに閑雀は気の好い先輩だった。初子が彫工会に入会したての頃から、仲間の集まりに誘ってくれたり、助言をおくってくれたりしていた。鎌倉の彼の別荘を正月の三日間借りることになったのも、閑雀のほうから、よければ使い給えと持ちかけられたのだった。

しかし彫工会は仲良しクラブではない、と初子は思う。むしろ技を競いあうライバルたちの団体なのだ。そういうところで、人のよさと面倒見のよさで信望を集めたところでどうなろう。取り巻きとつるんで歩き、酒を飲み、仲間褒めをして陽の当らぬ身の傷を舐めあう。いじましいだけだと思うのである。

にもかかわらず閑雀の別荘を借りることにしたのは、話がきたとき咄嗟に青也の顔がひらめいたからだった。それは初子の狡さかもしれなかった。

その別荘は長谷寺に近い山の中腹にあった。八畳の和室二つに台所と風呂が付いただけの、簡素な平屋であるが、庭に梅・桜・ツツジ・サルスベリと四季の花木が揃っていた。賑やかさの好きな閑雀らしい眺めである。

「あれが由比ガ浜ですわ。夕景色がそれはきれいだから、ぜひご覧なさい。閑雀先生もそれが気に入ってここを買われたぐらいで……」

山の下の家から案内に立ってくれた管理人が、雨戸を開いて言った。縁側に並んで立つと、木立の向うに鈍色《にびいろ》の海が細波《さざなみ》を立てている。目を凝らす青也の横顔を何かが走りぬけるようだった。

「米も味噌も必要なものはひととおり揃えておいたが、足りないものがあったら、遠慮なく言ってきなされ」

そう言葉をのこして管理人が引揚げてゆくと、青也はいまから海へ行こうと浮き立った。

「海ですって……」

初子は肩をすくめた。

「冬の海なんて、きっと風があって寒いだけよ」

「平気ですよ」

と青也は胸を張った。

「わたしは雪国育ちですからね」

そういえば、いつであったか、青也が東京へ向かう汽車の窓から海を見て感激したと話したことがあったのを、初子は思い出した。山里育ちの青也にとって、海は憧れの地かもしれなかった。

「わかりました。行きましょ。でもお昼を食べてからよ。急がなくても海は逃げやしませんもの」

そう言って初子は二段重ねの重箱をひらいた。前日に自宅近くの仕出し屋につくらせたお節と赤飯である。縁起物の黒豆、数の子、たつくり、昆布巻のほか焼き物、酢の物と、とりどりのお節に青也は「ご馳走ですね」と頬をゆるめた。

「でも、味噌汁がない」

「それは無理というものよ」

と初子が言うと、青也はいたずらを仕掛けるような笑みを浮かべた。

「わたしが作ってあげます」

「驚いた。あなたそんなことができるの」

「丁稚の頃、能戸屋でいろいろ仕込まれましたからね。繕い物だってできますよ」

「ますます驚きだわ」

「まあ、どんなのができるか、先生はここで大人しく待っていて下さい」

そう言って青也は台所へ立っていった。

間もなく台所から流れてくる、井戸のポンプを押す音や粗朶《そだ》を折る音などを聞きながら、初子は躰の底からひたひたと押し上げてくる幸福感にひたった。

浜町の小料理屋で、はじめて青也と話を交わしてから八カ月がすぎていた。

あの日、いつまでも打ち解けない青也に、初子は自分の一方的な好意のむなしさを感じて、もう会うまいと諦めた。ところが、モデルは必要ない、帰ってくれていいと言うと、青也は顔色を変えて不調法《ぶちょうほう》を詫び、やがてぽつぽつと自分の生い立ちを語りはじめたのだった。

越前の山里の農家に七人兄妹の三男として生まれた青也は、十一歳の春に山向こうの造り酒屋へ奉公に出た。ところがその年の暮れに突然泡を噴いて倒れた。意識はまもなくもどったが、以来たびたび発作を起こすようになった。そして医者へ連れていかれ「てんかん」と診断されたために暇が出された。奉公して一年半あまりのことであった。

しかし生家にもどっても青也の居場所はなかった。臨時の人出を求めている農家や製材所を転々とするうちに、先に造り酒屋へ斡旋してくれた渡りの口入れ屋が、能戸屋へ話をつけてくれた。能戸屋はてんかんの持病を承知で受け入れてくれたのだった。ただし条件が付いた。一生面倒はみるが、暖簾分けや嫁取りはなしというのである。

「そんなわけで、わたしは人並の暮らしは望めませんし、望んではならないと自分に言い聞かせております」

と青也は、改めて自分の決意を確かめるように言った。

それで、初子が好きな女《ひと》はいるかと訊いた瞬間、青也の表情がこわばったわけは理解できたが、それにしてもむごい話だった。てんかんという持病一つのために、異性との愛も禁じ、生涯を他人の家に埋める……。初子は暗然とした。そのあとに暗い怒りがこみあげてきた。

「そんな理不尽な話があるものですか」

と初子は言った。

「あなたはまだ若い。人生これからじゃありませんか。恋もしない、独立もしないなんて無茶苦茶だわ。世の中広いんですよ。てんかんの持病があったって、あなたを好きだという女の人がきっと現われます。あなたも病気のことなど気にしないで、若さを楽しまなくちゃ。いいわ、これから青也さんの休みの日ごとに、わたしが東京を案内してあげます」

青也は一瞬嬉しそうな顔になったが、すぐに肩を落とした。

「でも、きっとお店で嗤《わら》われます」

「それが何ですか。誰に迷惑をかけるわけじゃなし……。朋輩衆だって、休みの日は好きなところで羽をのばしているでしょ」

それでもなお青也はためらいをみせていたが、隅田川の舟遊びだの芝居見物だの、浅草の賑わいだのと聞くうちに、次第に気持がひらいてゆくふうだった。

「浅草の見世物小屋に熊女というのが出ていてね、両手に熊の皮を付けた女が、その手と首から上を板囲いから出しているのよ。もっとひどいのは、イタチ女といって、血の付いた板の前に女が立っていて、即ちイタチ女なのよ」

初子がそんな話をすると、青也は声をあげて笑った。

その日以来、青也は月末に休みをもらうたび、初子の待つ場へ駆けつけるようになった。

初子は約束どおり、青也を木挽町の歌舞伎座へ連れて行ったり、鉄道馬車に乗って上野へ足をのばして、動物園をまわったり、また浅草の雑踏を手をつないで楽しんだ。

けれど八カ月たっても二人の間は、友人もしくは姉と弟の関係にとどまっていた。それは青也のせいというより、初子の臆病のせいだった。人込みのなかで青也がはぐれないように手を取ることはあっても、その胸に身を投げかけるような真似はすまいと、初子は固く自分に禁じていた。その機会がなかったわけではないが、そうした行為に出たとたん自分の心の底を見抜かれて、青也を失う羽目になるかもしれないのが恐ろしかった。生まれてはじめての遅まきの恋が、初子を哀しいほど初心《うぶ》に、臆病にしていた。鎌倉行を持ちかけたときも、青也がわずかでも尻込みしたときは、即座にひっこめるつもりだった。

だが青也は何のためらいもなく、行きたいと応えたのである。

——でも、それは何を思っての応諾だったのだろう。二人で迎える夜を、彼はどう考えているのだろう……。

と初子は青也の胸の内をおそるおそる忖度《そんたく》してみる。

若いとはいえ、春には二十になる青年が、ただ無邪気に鎌倉の正月を楽しみにきたとは考えにくい。しかし青也にとって初子は、心を許した姉とか母親のような存在でしかないとすれば……、とそこまで考えたとき、青也が小ぶりの鍋をかかえてにこにこ顔でもどってきた。

味噌汁の匂いがひろがった。薄茶色の汁にわかめと細切りの油揚が浮いていた。

「まあ、おいしそうだこと」

初子は声を弾ませながら、半面、複雑な気持だった。

食後は約束どおり海を見に行くことになった。

山腹をくだり、民家の間の道を当てずっぽうにぬけると、やや広い道の向こうに忽然という感じで海が現われた。風があった。

「海だ！」

青也が声を放って駈け出した。道を横切り、砂浜を前のめりになって波打ち際まで走ってゆくと、そこで振り向いた。顔が笑っていた。その顔をまたすぐ海へ向けると、次いで両手を口に当て「おーい」と大声で海へ呼びかけるのだった。

初子は不意に目が潤んだ。コートの裾を風にはためかせて海を呼びつづける青也の後姿が、なぜか感動的だった。いま青也は海となって躍っている、と思った。

「ありがとう、先生……」

波打ち際から駈けもどってきて、青也が言った。足元が濡れていた。

「まあ、あなた、着物の裾までびしょ濡れよ」

「平気、平気。ちっとも冷たくないから、先生も足を浸けてごらんなさい」

青也はふざけて、初子を波打ち際へ連れて行こうとする。

「厭よ、やめて、やめてちょうだい」

初子は笑いながら抗い、青也は執拗にふざけかかる。そしてその動きのなかで突然、青也の両腕がひしと初子を捕えた。

あっ！　と初子は息をのんだ。細い、だが思いがけないほど強い力に抱きすくめられていた。

「好きだ。先生、好きだ。大好きだ」

波の音と潮の香と若い男の力に揺さぶられて、初子は全身が沸きたつような歓喜に包まれた。

その夜、二人はどちらからともなく求めあった。頬を寄せ、唇を重ねると、そのままがむしゃらに攻めてくる青也を、初子はやんわりと躱《かわ》し、宥めなだめ優しく導いた。

第五章　彫刻界を去る

一　パトロンの怒り

ほう、と田崎は目を光らせた。それからぐいと杯をあおり、冷たい笑いを片頬に浮かべた。初子も負けじと杯をあおった。酒の勢いを借りる恰好になった。

間を置いて田崎は言った。

「つまり、何かね。彫刻家として一人前に糊口がしのげるようになった。それでわたしが邪魔になったというわけかね」

片頬を歪めたままの皮肉な口調だった。

「そいつはしかし身勝手に過ぎるんじゃないか。彫刻家として世間に認められ、注文も入るようになった。それはそれで結構なことだ。だが、だからといって、なぜわたしと手を切らねばならんのかね。誰ぞに唆かされたのか、それとも何かかね、作品が皇太子殿下や皇后陛下の御用品となるほどのお偉い彫刻家が、人の囲い者では、名にかかわるというわけかい」

前年の秋、初子は美術協会展に『春眠の図』を出品し、同時に彫工会展には『砧打母子』を出品した。そして前者は銅牌を受賞したうえ、皇太子殿下（のちの大正天皇）の御用品となり、後者は皇后陛下の御用品として買い上げられた。田崎はそれを揶揄《やゆ》しているのだった。

初子はむっとした、が、怺えた。青也とわりない仲になって、ひと月あまりになる。ここはなんとしても、青也に災いが及ばぬように後腐れなく別れねばならなかった。もしそれで田崎の気がすむものなら、頬の一つや二つ張りとばされても仕方がない、と覚悟して切り出した別れ話であった。

「田崎さんのご恩は忘れません」

と初子は両手を膝に置き、神妙な姿勢をとって言った。

「わたしが今日あるのは、田崎さんのおかげだと思っています。それなのに別れ話を持ち出すなど、確かに身勝手です。でも、どうか許して下さい。わたしも夏がくれば三十になります。いい年増ですわ。この年になれば女だって自分の生き方を考えます。誰にも束縛されず、一人で自由に歩きたいと思うものなんですよ」

「わたしがいつ初子を束縛したというのかね。彫刻の仕事も好きにさせている。外出も、わたしは一度だって咎めた覚えはない。ただ、月に二・三度やってきて酒をのみ泊まってゆく。それが煩わしいのか」

「そんなこと……。ここは田崎さんが買われた家ですもの、いつなりと自由に出入りなさる権利がありますわ。でも、そういうことではなく、わたし自身の気持の問題なのです。我侭と言うべきでしょう。とにかく自分の力で歩きたいのです」

ふん、と田崎は鼻を鳴らした。

「このわたしが、世間の裏も表も見てきた、五十年も生きてきたこのわたしが、そんな姑息《こそく》な言い訳にごまかされると思っておるのか。はっきり言ったらどうだ。他に男ができましたと」

切りつけるようにそう言うと、田崎は大きく手を鳴らしてとせを呼び、酒の追加を命じた。

「今夜は初子と飲みくらべだ。どんどん燗をしてきなさい」

とせが案じ顔に視線を送ってきたが、初子は気づかぬふりをした。話がまるで噛み合わない。しかも田崎はさすがに処世に長《た》けた商人である。実際に確信があって言うのかどうかはわからないが、初子の手の内を見透かしていた。これ以上話をつづけても無駄などころか、田崎の気持をこじれさせるばかりだろう。それならいっそ今夜は酔い潰してしまえと、胸の奥で声がしていた。

田崎の酒量は、何度か茶屋遊びに誘われるなかで見て、承知していた。飲みくらべなら、口ほどでもない田崎に負けはしない自信があった。

「さあ言うんだ。白状しろ。初子の情人《いろ》はどこのどいつだ。なんならここへ連れてくるがいい。不義はお家のご法度だということを思い知らせてやる」

少しろれつも怪しくなって、田崎はなお言い募るのだった。

「なぜ黙っておる。図星をさされて、ぐうの音も出ないか」

「ばかばかしい。情人だの不義だのと、よくまあ埒《らち》もないことを……」

「何だと、ばかはそっちだろ」

「もう結構。この話は日を改めてすることにして、今夜は機嫌を直して飲みましょ」

「ごまかすな！」

田崎は怒声をあげた。目が座っている。険悪な表情である。

「いいか、おれは絶対に別れてやらんからそう思え。一体おれがお前のために、どれほど金を遣ったか考えたことがあるか。家の十軒も建つくらい注ぎこんでやったものを、その恩を忘れて、どうでも別れるというのなら、お前を彫刻界から抹殺してやる。それができないおれだと思うな」

田崎は言葉遣いまで一変していた。そこにあるのはもはや、生糸商人として地位も信用も備えた大商人の顔ではなかった。世間的な分別も品位もかなぐり捨てて怒り狂っている、悪鬼のような男の顔があるばかりだった。

初子はぞっとした。卑劣漢！　と喉までこみあげてきた声を怺えると、反動のように、門倉という男の亀戸の寮で、田崎の暴力に屈した夜が思い出された。それればかりか田崎は今度は、彫刻界から抹殺してやると脅しにかかってきたのである。

――これがこの男の正体なのか……。

初子はそう思い、これまでの恩も義理も一瞬に消え果てる心地だった。できるかぎり穏便に、田崎の面子も潰さぬようにと考えたのは、しょせん甘い考えだった。こうなれば、もはや黙って行方を晦ますしかないと思った。そしてその気持を靨の微笑に包むと、初子は媚びるように田崎の顔を覗きこみ、徳利をとりあげた。

「そんな恐い顔なさらないで下さいな。わたしがまちがってました。この話は忘れて下さい。二度としませんから。謝ります。ごめんなさい。ねえあなた、機嫌を直して仲直りの乾杯とゆきましょうよ」

と機嫌をとり結びながら、初子はきりきりと差し込んでくる不安と悲哀に胸をえぐられていた。

翌日から初子はひそかに逃亡の準備をはじめた。なによりも先ず身を隠す場所を確保しなければならなかった。それも青也と二人分の場所が要る。

初子一人ならば、とりあえず知人の家へ転がり込むこともできようが、青也を連れてとなれば、そうはゆかない。かといって、青也を能戸屋へのこして、自分一人で身を隠すつもりは初子にはなかった。第一そんな中途半端な状態で青也と逢引をつづければ、彼の身辺から秘密が割れる怖れがある。別れ話を持ち出したときの田崎の怒りようから推して、初子が姿を消せば、必ずあちこちに手を廻して、行方を探るにちがいないのだ。

そしてさらに大きな問題が、初子自身にあった。完璧に行方を晦ますためには、彫刻界とも縁を切らねばならないのである。

十二歳で小倉惣次郎に入門して、かれこれ十八年。いまようやく彫刻の世界でその技量を認められ、まさにこれからという時期であった。展覧会でいくつかの賞をとりはしたものの、その地歩はまだ不動のものとは言い難いこの時期に、突然姿を消せば、その名はたちまち忘れ去られてしまうだろう。仮に、そのことには目をつむるとしても、彫刻から離れて、青也と二人、どこでどのようにして食べてゆけるのかという難題が、なお大きく立ち塞がっていた。

そうした難題を引きずりながら、初子はその一方で、春の美術協会展へ出品する作品の製作に打ちこんだ。春の草原に遊ぶ若駒を題材にした作品である。そしてそれは初子の、彫刻界への告別の作品になるはずだった。

たてがみを靡かせ、四肢を躍らせて草原の春を謳歌する若駒に、初子は自分の希望を託した。

青也とのひそかな門出の仕合わせを祈り、託した。

デッサンを重ね、油土で原型を彫る頃には、いつしか庭の沈丁花がほころびて、甘い芳香を窓の内にまで送りつけてきていた。

夜を徹して作品ができあがったのは、締切りの二日前であった。

——出来た！

と初子は両手を拍って心に叫んだ。

草木の萌え立つ春にはしゃぐ若駒の命の華やぎが、匂やかに表現できた、と初子は自信をもってそう思った。門出にふさわしい作品だとも思った。イメージどおりに作品を彫れた満足感から、これでもう彫刻界に思い残すことはない気持にさえなった。

田崎があらわれたのは、その日の夕方であった。その四・五日前にも田崎はカステラの箱を下げてやってきたのだが、初子が厳しい口調で「仕事中です。覗かないで下さい」と言うと、「わかった、わかった」と笑って、あっさり引き揚げていったのだった。初子の仕事中は邪魔をしないというのが、二人のあいだの約束であり、その点田崎は理解があった。

「どんな具合いかね、仕事のほうは……」

と言いながら初子の部屋へ入ってきた田崎は、小机の若駒の像を見て目を細めた。

「おう、できたねえ。うむ、こりゃいい、本物の馬そっくりだ。生きているようだ」

「春の喜びを、馬で表現しましたの」

初子は機嫌よく言った。作品を完成した満足感が、まだ快い余韻を曳いていた。

「どうりで溌剌としている。こりゃまた、きっと賞を取るな」

田崎は小机を一回りして言うと、思わせぶりな顔になって着物の袂をさぐり、紫のビロードの小箱を取り出した。

「はい、お土産だよ」

小箱のなかは仄朱《あか》い珊瑚の帯留だった。

「これを、わたしに？」

「うむ。このあいだは酔って、大人げないことを言ってしまった。後悔してるんだ。わたしの詫びの気持さ」

初子は、いただけませんと口まで出かけた言葉を呑んだ。それを言えばまた、あの心が凍るような罵りを浴びそうだった。これも、あなたが家の十軒も建つくらい注ぎこんで下さったという、無駄金の内ですかとこみあげてきた憎まれ口を隠して、初子は礼を言った。この珊瑚の帯留もふくめて、田崎に貰ったものはすべて、ここを出るときに置いてゆこうと思った。

二　真葛香山を知る

三月末、初子は青也と待合茶屋で落ち合うと、そこではじめて自分が田崎という男の囲い者であることを打ち明けた。正月以来、話さなければと思い詰めてきたことであった。青也と一緒に暮らすにしても、先ずそこからはじめるべきことでもあった。

事情を知った青也がどんな反応を示すか、次第によってはすべて初子の一人相撲に終わってしまう怖れはあったが、そのときはそのときだと、肚を据えての告白だった。

「たとえ青さんに、そんな女とはもうつきあえないと愛想を尽かされても、田崎と別れる気持は変わらないわ。彫刻界ともさよならして、一人でなんとか生きてゆく道をみつけるつもりよ」

初子は田崎と出会ったいきさつや、別れを申し出て激怒を招いたことなどを語って、そう言葉を結んだ。青也は無言だった。固い顔のまま膝に目を落としている青也の様子に、初子は息が詰まりそうだった。肚を据えていたつもりだが、やはり不安で胸が高鳴った。

「お願い、何とか言って……」

初子が催促すると、ようやく青也は目を伏せたまま呟いた。

「先生がパトロンを持っておられることは、それとなく聞いていて、知ってました」

――あり得る……。

と初子は思った。このての噂は一瀉千里《いっしゃ》だ。新進の彫刻家として矚目されているとはいえ、まだ一門を構えて弟子をとっているわけでもない女が、たびたび来店して高価な象牙を仕入れてゆく。どこぞの大家《たいけ》のお姫様《ひい》とは聞かないし、見えもしない。おそらくあれは、どこぞの成り金の囲い者にちがいない……。とそんな噂が能戸屋の店内に流れていても不思議はない。青也はそんな噂を肩のすぼむ心地で聞いたことだろう。初子は落ちこみそうになる気持を鞭打って言った。

「それで青さんは、そのことをどう思っていて？　正直に言ってちょうだい。わたしは田崎と別れて、青さんと一緒に暮らしたいと思うのだけれど、青さんがそこまではできないというのなら、辛いけど諦める覚悟はしているから、気遣いは無用よ」

すると青也は大きく息をついてから、しぼり出すようにこたえた。

「先生と一緒に暮らせたら、どんなに仕合わせか……。先生の行くところへ、わたしも一緒に行きたい」

「本当？　それは、本当の気持なの？」

「はい……」

初子はとびつくように青也の手を取った。熱くこみあげてくるものがあった。

「ありがとう、青さん。あなたが一緒に来てくれたら勇気百倍よ。嬉しいわ。きっと、後悔させないわ」

「ただ、お店のほうは……」

「もちろん、能戸屋さんにはきっちり話をして、暇を貰いましょ。どんなかたちであれ、世話になったお店に、後足で砂をかけるようなことはいけないもの」

青也は安堵の色を浮かべた。

「すみません。先生一人だけでも大変なことなのに、わたしのことまで」

「そんな水臭いこといわないで。でも暫くはいろいろ苦労するでしょうけど、ごめんなさいね」

「かまわない、苦労なんて。先生と一緒なら。約束してくれますか、ぼくを決して見捨てないと」

青也ははじめて自分をぼくと呼び、縋るような目になった。

「それは、わたしが言いたいことよ」

初子はいとおしさで胸が痛くなった。

「二人は死ぬまで離れないわ」

そう言うと、青也の頬を両手にはさみ、座ったまま伸びあがるようにして唇を吸った。青也の熱い腕が肩へまわり、腰へ降りてくる。そのまま重ね餅のように倒れてゆき、目くるめく忘我の淵へ溺れていった。


青也の気持を知ると、以来、初子は俄かに仕事に貪欲になった。それまではたとえ誰からの依頼でも、気に染まなければ断っていた仕事にも、すすんで手を出した。

青也とともにどこで暮らすにせよ、暫くは収入が絶えてしまうのは避けられない。その期間がどれほど長びくかを考えると、贅沢は言っていられない。たとえ一円でも多くの蓄えが欲しかった。

とはいえ初子のなかでのそれは、理窟ほどに切実ではなかった。生まれて三十年。そのあいだに一度も生活のための労働や、明日の米がない恐怖を味わうことなく生きてきた初子にとって、「生活のための金銭」はしょせん実感のともなわない、絵に描いた餅に等しかった。

それでも初子はせっせと仕事に励み、そして青也との月に一度の逢瀬には、船宿や待合で贅沢な料理をとり、惜しみなく心付けをはずんだ。

真葛香山《まくずこうざん》の名を知ったのは、そうした日々のなかで春が過ぎ、梅雨も終わりに近づく頃であった。

その日初子は、撥屋の幸兵衛の依頼で彫刻した牙彫の像を木箱に納めて、小舟町を訪れたのだった。依頼の作品は、厨子《ずし》に納めるとかで二十センチそこそこの女人像であった。

注文主はさる呉服問屋のあるじで、春先に身まかった母親を偲ぶため、ということだったが、その口上が変わっていた。母親は田舎から嫁に来て、道楽者の夫や、舅・姑に仕えながら商いを覚え、子を育て、特別の楽しみも知らず、ひたすら家を守って六十年の生涯を閉じた。家業を息子夫婦にまかせ、本来ならこれから芝居だ温泉だと遊び歩けるものを、病んで一年足らずで他界してしまった。この母親の心を彫って貰いたいというのだった。

初子は考えぬいた末に、京都で何度も通ってデッサンした、永観堂の見返り阿弥陀をモデルに、清らかな女人像を彫った。

永観堂の阿弥陀像とちがって、初子の彫った見返り像はぱっちりと目をひらき、祈りの主をいたわるように仄かに微笑んでいた。「思いを掛けてくれてありがとう。でも嘆くことはありません。わたしは母として一家の女主人として満足していましたよ」と、その顔が言っていた。

それを箱から出して両手に抱いた幸兵衛は、暫く無言で注視したあと、大きく頷いた。

「これは言うなれば天女でございますな。実にいいお顔をしておられる。心が和みますわ。むつかしい注文でしたが、これなら先さまも、きっと喜ばれましょう」

さまざまな彫刻を見馴れた幸兵衛は、さすがに見るべきところを見ていた。

面目をほどこして初子が帰りかけると、思い出したように幸兵衛が言った。

「秋の彫工会展を楽しみにしておりますよ。もちろん出品されるのでございましょ」

「ええ、まあ……」

と初子は曖昧にこたえた。春の美術協会展には、これが協会展への別れの挨拶と思い定めて彫った若駒を、『春駒の図』と題して出品した。そしてそれは銀賞を獲得し、宮内省に買い上げられた。

できれば秋の彫工会展にも告別の作品を送りたい気持はあったが、遁走の日をぐずぐずと引きのばすことへのためらいもあった。

「実は春の美術協会展で『春駒の図』を観たお人が、ぜひ先生の作品が欲しいというので、秋を心待ちにしておられるのです。宮内省相手では太刀打ちできないが、一般人相手なら、自分のほうが高値を付けるといわれましてな」

その幸兵衛の言葉で、初子は迷いがふっ切れた。やはり彫工会にも最後の挨拶をするべきだと思った。

幸兵衛のもとを辞すと、暫くぶりに銀座の人込みを歩いてみたい気持になった。その気持の裏に、幸兵衛に焚き付けられて、また火を噴き出した制作欲があった。

――そうなのだ。身を隠すにはそれなりの蓄えが要るのだ。秋の彫工会展のあとでも、それは遅くはないはずだ。

という思いを噛みしめるとげんきんに足が弾んだ。

前夜は雷をともなったどしゃ降りがあって、おかげでしのぎやすかったが、日が照ればまぎれもない夏の暑さである。銀座には白いパラソルの花が咲き乱れていた。布貼りの女扇子で日射しを防ぎながらショーウインドーを流し見て歩くうちに、ふと足がとまった。

陶磁器の店である。壁際の棚や中央の陳列ケースに、いずれも名のある陶工の作品らしい焼きものが並べられているなかで、大ぶりの壺が初子の目をひいた。呼ばれたように初子は店内へ入った。

象牙色をした壺の胴に絢爛と牡丹が咲き出していた。描いたものではない。壺の素地にへらで刻んだ文様でもない。あきらかに壺の上から別個に貼り付けた土を彫刻したものである。それも文様風の型にはまったものではなく、花弁のひとひら、ひとひら、葉の一枚一枚が葉脈まで付けた写実的な牡丹である。

花を彫るだけなら初子にも自信はあった。しかしその花の風情を壊さずに釉薬をかけ、焼きあげるには相当な技術が要るのではないか、と初子は感嘆して見入った。

「お気に召しましたか」

という声にふり向くと、五十前後の男がにこやかに立っていた。

「素晴らしい飾り壺ですね」

初子は正直に称賛した。

「はい。これだけ精妙な作品は、なかなか手に入りません。なにしろ真葛焼は、国内でも引く手あまたのうえに、外国からも注文が多うございまして。こちらの壺は手前どもが香山先生に特に無理をいって、分けていただいたものでございます」

「香山先生、とおっしゃいましたか」

「さようでございます」

真葛香山こと宮川香山は京都真葛ガ原の出で、父親の指導のもと真葛焼に打ちこんでいたが、明治四年横浜の商人の招きで来浜し、太田町に窯をひらいた。その作品は太田焼とも香山焼とも称ばれている。三年前の明治二十九年、香山は帝室技芸員に選ばれ、現在は和漢の古陶の研究にたずさわっている……。

男は少し得意そうにそう話した。聞きながら初子は胸が躍りだすのを抑えられなかった。

――この人に弟子入りしよう。

天啓のように声がひらめいた。この人物のもとでなら、自分の技術が活かせると咄嗟にひらめいたのだった。

三　押しかけ弟子

モーターの唸りや、ガシャガシャとした金属音をひびかせる町工場のあいだに、乾物店や八百屋、葉茶屋などが軒をつらねる表通りを横町へと逸れると、その奥に竹垣と樹木で囲われた屋敷があった。

表札は出ていないが、広い庭の突き当りにある母屋らしき建物の軒下に、大小さまざまな焼き物が、打ち捨てられたように無造作に並べられているところからみて、窯元であるのはまちがいないようだ。庭の右手の雑木林のなかに太い煙突が突き出している。蝉の声が騒がしかった。

初子は確認のため、通りがかった近所の者らしい男に真葛香山の名を出して訊ねてみた。が男は知らないと無愛想に首を振って去った。

やむなく初子は庭へ入って、母屋の少し手前から呼びかけてみた。しかし蝉の声にかき消されるのか、留守なのか応答がない。あたりを見廻して、もう一度声をあげかけたとき、雑木林のなかに動くものを感じた。

樹林を透かし見ると、灰褐色の巨きな獣の背のように、土を小高く盛りあげた窯が見え隠れに読みとれた。動くものの影はそこにあった。初子はパラソルを閉じてその方へ足を向けた。紺色の色褪せたモンペをはき、半白の髪を襟足で束ねた、老人というにはがっしりとした体躯の男が、窯に沿って歩いていた。初子が声をかけると、男はむっつりと振り向いた。赤銅色の顔が体躯にふさわしい狷介《けんかい》な印象である。

初子はひるみそうになる気持をぐいと踏みこたえて、名を名乗り、香山を訪ねてきたことを告げた。すると男は太い眉を上げて、「さあ？」と呟いた。

「香山なら、さっき出かけたようじゃが」

初子は目に力をこめて男をみつめた。ここで香山を呼び捨てにできる者がいるとすれば、香山その人でしかないはずだ。これはつまり、ていよく追い払おうという肚なのだと察しがついた。しかし、ひと言でも言葉を交わしたことで、初子は度胸が出た。そして思いきって「先生」と呼んでみた。

「紹介もなく突然に伺いました失礼は、お詫び致します。どうかお許し下さい。ただ、こちらへ来ることを他人に知られたくない事情がございまして……」

だが男は視線をそむけたままである。それがわしに何のかかわりがある、と赤銅色の横顔が言っていた。

突然初子は自分でも驚く行動に出た。地面にぺたりと座って、両手をついたのである。

「先生、どうかわたくしを、こちらで働かせて下さいまし。この通りでございます」

男の目がぎょろりと初子へ向かってきた。

「そんなことだろうと思ったわ。確かにわしは香山じゃが、生憎弟子はとらん」

「弟子にとは申しません。職人として雇っていただきたいのでございます。それを審査していただくために、拙作を持参致しました」

そう言って、初子は信玄袋にしのばせてきた獅子舞の石膏像を差し出した。祭りの獅子が胴体を波打たせて、地を這い舞っている。胴体の布の裾から人の足の裏が、ちょろりと覗いて、獅子頭のユーモラスな表情とあいまって、面白い味が出せたと初子は自負していた。もちろんこの日のために拵えたものだった。

香山は無言で初子と像を見較べた。だが像を手に取ろうとはせず、「まあ、お立ちなされ」と掌を上に煽った。そして口調を改めて言った。

「その、何と言われたかの、あなたの名は」

「月谷初子と申します」

「ふむ、月谷さんか。で、あなた、彫刻をおやりか」

「はい、いささか」

「小野小町春秋」　（左）高さ7.5cm（右）12cm

「李白（左）と柿本人麿との対話」
（李白　高さ15cm、人麿　高さ12cm）

「飴釉双耳環付花入」　高さ37cm

色絵人形「御多福」　高さ20.5cm

“畚《ふご》”、ワラを編んで作った容器を模したもの　高さ23cm

「楽茶碗」　径11cm

「李朝写し茶碗」　径15cm

「御福香合」　高さ7cm

「伊賀花生」　高さ21.5cm

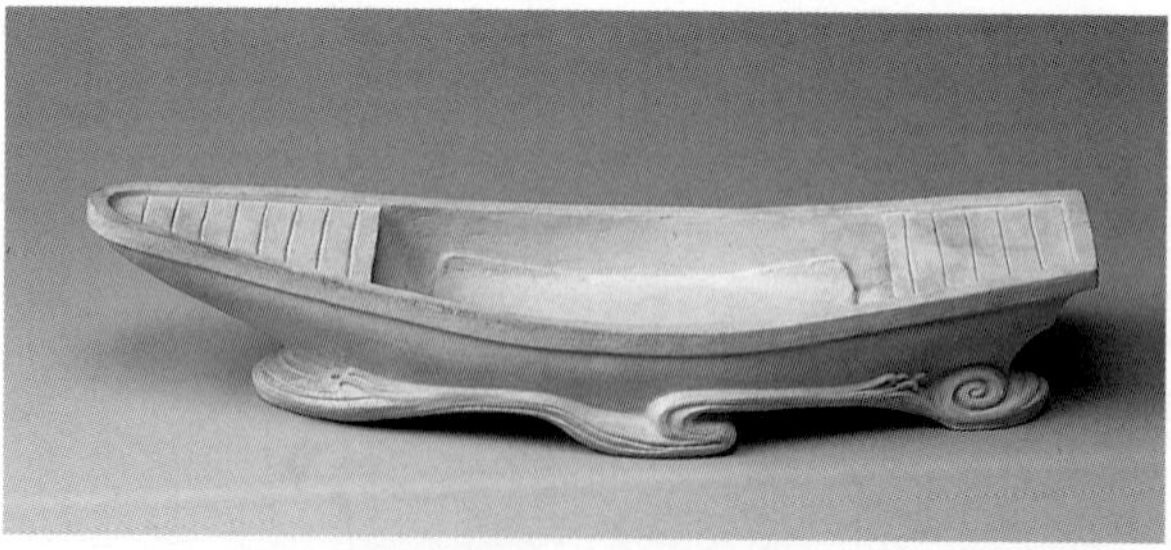

「舟形花器」　長さ35.5cm

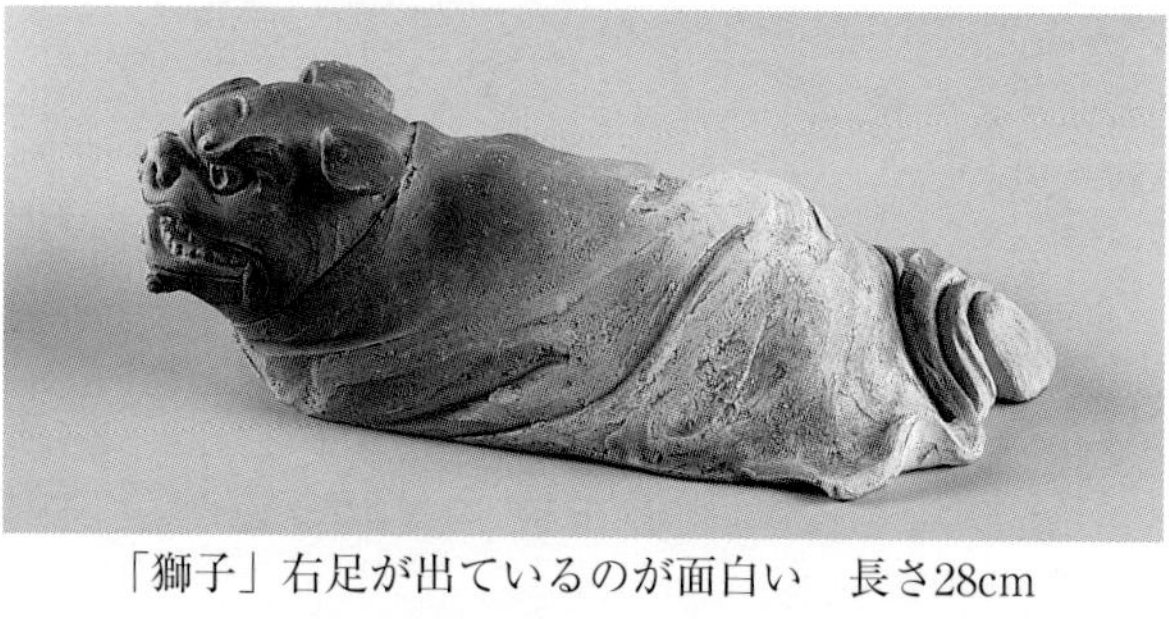

「獅子」右足が出ているのが面白い　長さ28cm

と初子は自信を隠さずこたえた。この人物には、心にもない卑下は通用しない。逆効果になる、とそんな気がしたのである。

「で、その腕を売りたいと言われるのだな」

「はい。東京の陶磁器店で、先生の牡丹の飾り壺に出会いまして、このお方ならきっと、わたくしを買って下さると確信しました」

ふふん、と香山はくすぐったそうに鼻を鳴らした。

「わしのところには、弟子入り志願の者やら何やら、さまざまな人間がやってくる。あんたと同じく自分を売り込んでくる者も、後を絶たぬ。だが、あんたのように押しの強いご仁ははじめてじゃ。しかも若い女ごで、べっぴんとくる……」

そう言うと香山は、自分の言葉に照れたように笑った。笑うと狷介な印象が崩れて、意外に優しい顔があらわれた。そして香山はそこではじめて初子の作品を手に取り、しげしげと眺めまわした。

「なるほど、これはいい。獅子の剽軽《ひょうきん》な顔が面白い。それでいて力強さがある」

「恐れ入ります」

「しかし、なんだな、これだけの彫り物ができれば、その道で充分身を立ててゆかれように、わざわざ道を逸れて、不案内な窯場で働こうというのには、よほどの事情がありそうじゃな。

そいつを聞かせてもらえるかの。次第によっては受け入れようし、あるいは断わることになるやもしれんが……」

はい、と初子は頷いた。香山の懐ろにとびこむからには、何もかも打ち明けねばならないことは覚悟の上だった。それでもし、不義者はご免だと跳ねつけられたなら、香山もしょせんそれだけの人間でしかないと、見限るまでのことだ。

「その人の名は伏せさせていただきますが、わたくし、さる実業家の囲われ者でございます」

初子が話しはじめると、香山は待てという手振りをした。

「立話では、なんじゃろう。わしの部屋へおいでなされ」

そう言って、母屋のほうへ歩きだした。

招かれたのは、母屋の横の離れであった。縁側からじかにあがって右手が、香山の仕事部屋らしい十畳ほどの半土間の板の間で、左手は八畳の和室になっている。その裏は手入れのゆきとどいた庭で、そこから薄っすらと涼しさがくるようだった。初子はほっとして、首筋をしたたる汗を拭った。半分は冷や汗のようだった。

二人が離れに入るのを見計らっていたように、三十には間のありそうな女が、裏手から茶を持ってあらわれた。息子の半山の「嫁女」だという。そしてその嫁女に、半山はまだ寝ているかと香山が訊く。

「はい、もう白河夜船でございます」

妻女は微笑してそうこたえると、ふと表情を改めて、

「ご用でしたら、起こして参りますが」

と言った。

「いや、いや、好きなだけ寝させてやりなさい」

と香山は首を振って、実は何日もかけた窯焚きが、今朝方ようよう終ったところだと初子に言った。窯焚きは専門の職人に、香山・半山親子も加わって交代でするのだという。

「夏の窯焚きは感心しないのだが、これも身過ぎのうちでの……」

そう言いながら何か思案げな香山に、妻女が一礼して去ると、束の間沈黙がきた。

初子は茶を飲み、改めて話しはじめた。田崎とのいきさつ。養父母に勘当されたこと。青也との出会いなど、彼の持病を除いてすべてを話した。青也の持病をはぶいたのは、それがどのていどの症状なのか、初子はまだ一度も彼の発作に立会ったことがなくて、わからなかったのと、もしかしたらそれは、年齢につれて自然に治癒することもあるのではないかと、自分の都合のいいように考えたのだった。その裏には、青也の持病一つで話が壊れてしまうのを、怖れる気持があった。

「そんなわけで、好いた人と一から出直したいのでございます」

初子がそう言葉を結ぶと、香山は不思議なことを聞いたように、ぼんやりとした顔になり、小首をひねり、それからゆっくりと口をひらいた。

「すると、何かな……。あんたと、そのお店者の彼氏とやらも、ここで働くということかな」

「はい、そうお願い申します。もちろん彼は彫刻も作陶も知りませんから、仕事がのみこめるまでは薪割りでも掃除でも、何でも致します。それから二人とも給金をいただくつもりはございません。ただ雨露をしのぐ場と三度の食事を頂戴できれば、ご恩に着ます」

不意に香山はからからと笑った。

「どうも、わしにとってうまい話かどうか、ようわからんが、いいじゃろう。この世は持ちつ持たれつじゃ。わしなども、ご一新のおかげで都《みやこ》が東京へ移って、京の町がさびれてしまい、さてどうするかと思案していた矢先に、横浜へ来んかという誘いがあって、誘い主のお商人に、えらい世話になったものじゃ」

「では、先生。二人ながらお引受け下さるのですか」

と初子はほとんど叫ぶように言った。嬉しさで頭のなかがぼうとなった。

「ああ、お出なされ。それにな、あんたが言いにくい事を正直に打ち明けてくれたから、こっちも正直に言えば、あんたの彫刻の腕が気に入った。その腕を活かす道を授けてあげよう」

「……」

「むろん、真葛焼も手伝ってもらう。そしてその合い間に陶彫をやってみなされ。石膏と釉薬のちがいはあるが、土を彫ることにかわりはなかろう。土を練り、形を作り、火にさらすと、土はどう反応するか。そのあたりをしっかり修得すれば、陶彫家として新たな道がひらけよう」

陶彫か、と初子は思い、そういえば昔、養父が時折り箱から出しては大事そうに眺めていた、古い色絵の人形があったのを思い出した。

香山の話はつづいていた。

「彫刻の世界は広い。写実を旨とする西洋の彫刻だけが、優れているわけではない。日本にもその昔、名もない仏師たちが精魂こめて彫り、遺していった見事な仏像がたんとある。それは写実からははずれていても、人の心に直截に沁みる美しさがある。理屈でなしに心に通ってくるものがある。それはなぜだと思うかね……」

それを自分自身に問うように、香山は視線を宙へ浮かせた。

「思うに、それは、彼らが己の野心のために彫ったのではなかった。ただひたすら、魂の安息と救済を願って、その心を彫ったからではなかろうかのう。いずれにしてもこの仏師たちの在りようも、わしらが学ぶべきものの一つだろう……」

初子は知らず識らず身を乗り出すようにして、聞き入っていた。香山はとりたてて耳新しいことを言っているのではなかった。飛鳥や天平の昔から伝わる仏教美術の、奥深い美の世界なら、初子自身かつて奈良や京都の古刹を巡って体験もし、多少の知識も得ている。

ただ香山はその遥か昔の仏師たちの心を説きながら、洋風美術とか和風美術にとらわれない、より自由な、のびやかな美の世界へ初子を誘《いざ》なおうとしているのだった。そしてそれがわかるだけに初子は、香山の一語一語が新鮮に胸に沁みるのであった。

四　駈け落ち

十一月も余すところ一日と押し詰まった日の夜、初子はいつもどおりの時刻に灯りを消して床に就いた。この家での最後の夜だった。

夜が明け、日が高くなる頃には青也と手に手をとって、真葛香山のもとへ走っていることだろう……。そう想像すると、胸が騒ぎ、目が冴えて眠れなかった。青也との逃避行には、歓喜と同じくらいの不安があった。その第一は田崎である。

田崎には、四・五日熱海へ出かけると話してあった。田崎はそれを快く許し、熱海には生糸組合が贔屓《ひいき》にしている旅館があるので、そこへ泊まるがよいと言い、名刺の裏に旅館の名を書いてくれた。時間の都合がつけば、あとから自分も行ってあげようという口吻りだったので、事が露顕するのは予想以上に早いかもしれない。

初子が行方を晦ましたと知ったなら、田崎はどれほど怒るだろうかと思うと、田崎への済まなさよりも怖れが先に立つ。春先に別れ話を持ち出したときの、田崎の怒りようからすれば、「逃げたものは仕方がない」と寛大に打ち捨ててくれるとは思われない。おそらく八方に捜索の手が廻るものと考えねばならなかった。

――でも、まさか同じ横浜の、それも目と鼻の先の太田町にひそんでいるとは、気がつかないのでは……。

と初子は自分に都合よく考えてみる。香山の飾り壺に魅せられて、そのときは深く考えもせず真葛焼へとびこんだのであったが、いまになってみれば、まんまと人の意識の届かぬ盲点を得た気がする。いや、そう思いたいのだった。

それやこれやを頭のなかに手繰り寄せると、初子はますます寝つかれなかった。

それでもいつか眠ったらしく、小鳥の声で目が覚めると、部屋にすっかり朝の色が満ちていた。

庭の樹葉を雨が叩くような音がしていた。雨か、と窓をあけると、とせが杓を振りあげて水を撒いているのだった。そのとせも、初子がいなくなれば当然働き場を失うことになる。

――彼女はわたしを恨むだろうか……。

初子はぼんやりとそんなことを考えながら、とせの後姿を眺めた。

とせが水撒きを終えたのをしおに、初子は地味な銘仙の普段着に着替えた。これから土にまみれて働く身に絹物などは必要なかった。

着替えのさなかに豆腐屋のラッパが路地に流れ、とせが下駄を鳴らして駈けだしてゆくらしかった。初子はトランクをあけ、昨夜のうちに調えておいた中身を調べ直した。当座の着替えや化粧道具などの他は、愛用の彫刻刀にへらが数本という簡素な旅立ちである。しかしそれでよかった。田崎から買い与えられた品々は、すべて置いてゆくのが、初子のせめてもの詫びだった。

顔を洗って台所へ行くと、とせがのんびりとキセルを吹かせていた。初子を見ても慌てるではなく、「おや、今朝はお早いですこと」と言いながら、ゆっくり腰をあげた。

初子は手にしてきた紙幣を差し出した。一円札が二枚。とせへの餞別のつもりだった。

「わたしの留守のあいだ、これでお芝居でもみて退屈しのぎをなさい」

とせは紙幣を押し戴くと、すぐ仕度致しますから、と俄かにてきぱきと朝餉の仕度に動き出した。

朝食は味噌汁に塩鮭、香の物の他、とせがこれだけは得意だという厚焼きの卵が特別に付いた。二円の小遣いへのお返しらしい。

だが初子は食欲がわかなかった。いま頃は青也も、能戸屋で最後の食事をとっているだろうかと思いを馳せると、それだけで胸が一杯になってしまうのだった。

青也が能戸屋から暇をとるについては、月のはじめに初子が能戸屋を訪れて、親旦那の喜左衛門に許しを得ていた。

とはいえ、それはすんなりと話がついたわけではなかった。青也は年季なしの一生奉公の約束で、能戸屋に買われた身であった。それを手放すとなれば、手放して惜しいほどの奉公人ではないにしても、能戸屋にも都合もあれば意地もあっただろう。

実際喜左衛門は、青也と世帯を持って同じ道を歩ませたいという初子の申し出を聞くと、

「また随分とっぴな話ですな」

と言ったきり、しばらくは憮然と腕を組んでいた。それから青也を呼びつけ、初子と並べて説教をはじめた。

奉公人が暇をとるのは、親が死んで郷里に幼い弟妹が残されたとか、主家に対して不始末があったときくらいのもので、世帯をもつために暇をとるなどとは聞いたことがない。世帯を持つなら持つで、外から通ってこればよかろうに、それをいきなり暇をくれだの、道を変えるだのとは、病気持ちの子供を引受けて、ここまで仕込んだ当方の骨折りを足蹴にするようなものだ……。

と喜左衛門は言い、さらに、青也を引受けるに際しては、親元にそれなりの仕度金も渡してあるとも言った。口調は穏やかだったが、その裏にあきらかに商人らしい打算が覗いていた。青也はただ項垂れていた。その横で初子は、何も言い返せない立場の自分が口惜しかった。それでもようやく、能戸屋が青也の親元に仕給した支度金を、初子が弁済することで折り合いが付いたのは、初子が能戸屋の顧客であり、撥屋の幸兵衛ともつながりがある点を、喜左衛門が考慮したのかもしれない。

「ま、月谷先生には今後も、うちの店を贔屓にしていただかねばなりませんしな」

と喜左衛門は言い、そのうえで、

「しかし、先生も物好きでいらっしゃる」

と捨台詞のような厭味を吐いた。

「北川の持病は承知とおっしゃるが、実際に発作をご覧になったことはございますまい」

「……」

「出もの腫れものというが、てんかんも同様で、北川が店へ出るようになってまもない頃、客の前で突然倒れて、目は吊りあがる、ひくひく痙攣ははじまる、泡は噴くわで、そりゃ大変でしたよ。それ以来、北川の様子が怪しくなったら、すぐ奥へ退らせるよう店の者に言いつけておいたわけだが、まあ、苦労を背負いこむ覚悟が要りますぞ」

そういうことなら、いっそ厄介払いができたようなものではございませんか、と喉元までこみあげた反駁を初子は怺えた。青也はまだ月末まで、能戸屋に勤めねばならない身だった。ここで喜左衛門の機嫌をそこねては、折角取りつけた暇の約束も反古にされかねない。我慢、我慢と、初子は能戸屋を出たのであった。

しかし、その約束も青也の顔をみるまでは、確実とはいえない不安が尾を曳いていた。青也は約束どおり暇をもらっただろうか。予定通り横浜駅に着くだろうか……。

朝食のあとも初子は落ち着けなかった。部屋のなかを歩きまわったり、またトランクを開け閉めしていると、様子をみにきたとせが初子の着物を見咎めた。

「そんなお召し物でお出掛けですか」

初子はひやりとした。汽車のなかは煤がとびこんできて着物が汚れるから、普段着のほうが気楽なのだと、下手な言い訳をしたものの、これ以上ここにとどまっていては我が身が危うくなりそうで、人力車を呼ばせて早めに家を出た。

横浜駅は、子連れの西洋人をまじえて、東西へ行き交う乗降客で賑わっていた。初子はショールの端で口元を隠して、改札口を見通せる場所に佇んだ。

横浜は生糸取引の拠点である。

——こんなところで田崎に出会ったら、それこそ百年目……。

という不安もあれば、田崎の知友も気がかりだった。そのての商人に表立って紹介されたことはないが、以前田崎と中華街へ食事に出た折、

「よう、お楽しみですな」

と田崎に声をかけてきた男に、じろじろと眺めまわされたことがあった。

「こういう場合は、お互い素知らぬふりをするものだが、不粋な奴だ」

と田崎は眉をひそめていたが、そうだとすれば、初子の知らぬうちに、素知らぬふりの粋人に観察され、顔を知られていることも考えられるわけだ。

青也が乗ったはずの列車は、ほぼ時間どおりに着いた。改札口から揉みあうように出てくる降車客のなかに、青也に似た年恰好の男を見付けるたび、初子は心臓が躍った。しかし青也はなかなかあらわれなかった。どうやら最後の降車客らしい女が通過して、客足が絶えた。

初子は蒼くなった。時刻表と腕時計を見較べると、手が震えていた。うっかり見落としてしまったのかと、あたりを見廻し、駅舎の外まで出て、また改札口近くへもどると、古ぼけた風呂敷包を抱いた青也が、ようやく姿をみせた。傷ついた獣が懸命に巣へ辿り着いたような、蹌踉とした感じだった。

初子は走り寄って腕をからませた。

「どうしたの、大丈夫？」

青也は顔をしかめた。べそをかいたような顔になった。

「気分が悪くて……。発作の前兆かもしれない」

初子は心臓がとまりそうだった。人目も忘れて青也を駅舎の外へ支えてゆくと、目の前に二人乗りの馬車が着き、西洋人の男女が降り立った。

西洋人だけを相手にしている馬車かもしれなかったが、初子は馭者に有無を言わせず青也を押しあげ、つづいて自分も乗りこんだ。

「お願い、病人なの。チップをはずみますから、太田町へ急いでちょうだい」

呆っ気にとられていた馭者は、チップのひとことで「よござんす」と手綱を鳴らした。

走る馬車の上で、初子は青也を抱きかかえるようにして、背中をさすりつづけた。

「大丈夫？　すぐ着くから我慢してね」

青也は口をあけて喘いでいた。

「どこか痛むの。どうして欲しいの」

「……」

「もし発作がはじまったら、どうすればいいのか教えてちょうだい」

「手拭を口に噛ませて……」

「手拭……？　ハンカチならあるけど。それでいいのね。で、そのあとは……？」

「顎を押しあげて……。それから痙攣が終わったら顔を横向きに……」

「わかった。気を楽にして、わたしに任せるのよ。大丈夫、うまく介抱してあげるわ」

車輪が小石を踏んで車体がはずんだ。初子は青也の目を閉じさせ、子守歌をうたうように耳元へ囁いた。

「気を楽にして、ゆったり大きく息をしてごらんなさい。そうよ。わたしが付いていますからね、大丈夫よ、大丈夫よ……」

第六章　さすらい

一　隠れ家の日々

裏ての家並の上にたなびいていた夕焼けが、みるみる濃紫のとばりに圧し包まれてゆくと、待っていたように井戸脇の草むらでコオロギが鳴きだした。

「秋だね」

縁側に座ってタバコをくゆらせていた青也が呟いた。いつからか青也はタバコを覚えていた。

「東京へもどって、何カ月になるかな……」

呟きながら指を折る青也の横顔へ、初子は七カ月ですよと声をかけ、磨ぎ終った彫刻刀を数本のへらの横に並べて、縁側へ出た。

「そうか、七カ月にもなりますか」

青也はそう言うと大きく吐息をついた。

「そろそろ暮らしの道を考えなくてはいけないねえ」

初子は黙って庭へ目を向けた。部屋の灯の色がほとんど全体に届くほどの、ささやかな裏庭である。板塀で囲われてはいるが、隣家や裏の家の庇が塀にかぶさるほど接していて、子供の泣き声や水音、物のぶつかる音、煮炊きの煙などが終日切れ目なく流れてくる庭でもあった。いましも裏の家で、子供を叱りつける母親の金切り声がはねあがっていた。それへ耳を貸すようにしながら青也がまた言った。

「何か仕事を捜さなくちゃ……」

そうね、と初子は頷き、しかし仕事の場は旅にしかないと言いかけたとき、玄関が開いて隣家のおそめ婆さんが顔を出した。炊事と洗濯に朝夕通ってくれる老女である。知人の畑から茄子をもらってきたので焼いてあげましょう、と笊に盛ったつややかな茄子を彼女に見せられたことから、話がそれた。しばらく茄子と知人の話を聞かされたあと、おそね婆さんを台所へ見送ると、初子はいましがた喉まで出かけていた言葉を、改めて胸の底へのみおろした。いまそれを言うのは早すぎると思ったのだ。

青也と二人、真葛香山の窯場へ逃げこんでから十年の歳月が流れていた。

二人はそこで焼きものの手伝いをしながら、初子は香山から陶彫の手ほどきをうけ、青也は職人たちから陶土の見分け方や扱い方を学んだ。香山の好意で敷地内の物置を改造した小屋を与えられ、一日の仕事が終ると、二人はそこへもどって、その日に覚えたことや新しい工夫などを話しあった。

水が合ったというのか、青也は能戸屋に奉公していた頃の翳が消え、目にみえて表情が明るくなった。以前は月に一度は起こっていたという持病の発作も、少しずつ間遠になってゆくらしかった。

けれどその静穏は長くはつづかなかった。香山のもとで三度目の秋を迎えたある日、香山と半山の合同展が横浜でひらかれ、初子はその手伝いに会場に詰めているところを、運悪く田崎の知人に見つかってしまったのである。

「あなた、田崎君の、失敬、月谷初子さんでしょ」

目の前にぬっと立ちはだかった五十年配の男に、そう声をかけられて、初子は血の気が退いた。記憶にない顔だったが、相手はあきらかに初子を見知っているようだった。しかも恰幅のいい着物姿から田崎と同じにおいが発散していた。自信に満ちた裕福な商人のにおいだった。咄嗟に否定はしたのだったが、男は会場を引揚げるさい、またまじまじと初子を見据えていった。

その夜、初子は昼間の出来事を青也に語り、香山に迷惑のかかる前に窯場を出ようと話しあ

った。そして香山にもそれを伝えると、

「そのパトロン氏とやらが、逃げた女をここまで追ってくるとしたら、初子さん、女冥利につきるわな」

と香山は笑った。大の男がそこまで未練がましいことはやるまい、といった口吻りだった。

「まあ、どうなるかわからぬうちから慌てることはない。鬼が出るか蛇が出るか、成り行きをみてからになされ」

そう言われてみると、たかだか生糸業界とはいえ世間的地位も名も成した男が、逃げた女を三年も追いつづけることのほうが不自然な気がして、初子はほっと胸を撫で下ろした。

しかし初子の危惧は数日後に現実になった。香山の留守中に田崎が弁護士を同道して訪ねてきたのである。半山が応対に出て田崎の言い分を聞いた。香山から事情を聞いていたのがさいわいした。

初子を引取りたい。引取って彫刻界へもどしてやりたい。好きな男がいるというのなら一緒にさせてやってもよい。とにかく折角の才能を埋れさせるのは初子のためにならない。という田崎に、半山は「なるほど、道理でございますな」と相槌を打ち、一呼吸おいてまことしやかに言った。

「たしかに月谷初子という職人はおります。腕の立つ彫物師なので雇いましたが、そういう事情があったとは初耳です。が、生憎きょうは本人が香山の供をして外出しておりますので、帰り次第あなた様のご来訪を伝え、よく話し合うよう諭しましょう」

半山の言葉を信じたのかどうか、一両日の間を置く約束をとって二人は引揚げていった。

職人たちにまじって仕事場にいた初子と青也は、そのあとすぐ座敷へ呼ばれて、半山から二人の来訪を知らされた。そしてその夜、出先からもどった香山をまじえて、改めて話し合った結果、初子と青也は翌朝早く香山のもとを去ることになった。

世話になった香山や半山に迷惑がかかるのを心配する初子に、

「なァに、初子さんを向こうに引渡すと約束したわけじゃなし、夜のうちに逃げたといえば、どうしようもありますまいよ」

と半山は嘯いた。

「窯場など日本中到るところにある。陶工の働き場は広いんじゃ。まして北川君はまだ若いし、月谷君はすでに一人前の彫刻家だ。どこへ行っても、その腕をみせれば粗略には扱われんだろうよ。まあ、いろんな土地の焼きものを勉強するつもりで、あちこち歩いてみなさるがよいわ」

とそれは、香山の餞別の言葉だった。

それ以来ざっと七年、愛知県の常滑《とこなめ》、瀬戸を皮切りに、伊賀、信楽《しがらき》、備前など焼きものの里を渡り歩いて、それぞれの土地の土や技法を学んだ。それは気保で、好奇心を煽られる旅であったが、反面、定まった場も退く場もない漂泊の道行でもあった。

　そのなかで青也が体調を崩した。持病の発作にたびたび苦しむようになり、体の衰えがはた目にも汲みとれるようになったため、二人は東京へもどった。もどるべき地ではなかったが、良医をもとめるにはやむを得なかった。

　数日宿に滞在し、宿の女将の紹介で芝の小さな借家に移り住んだ。当初は医者の手を離れられなかった青也も、このところようやく体力をとりもどし、削げていた頬にも張りがもどりはじめていた。だがその裏で、青也の心配どおり持ち金が心細くなってきていた。

　初子が彫刻の仕事にもどれば、もちろんそれは解決することだった。かつて世話になった撥屋の幸兵衛を訪ねてゆけば、また何らかの仕事をまわしてもらえるだろう。ほかにも仕事を通して知りあった知友が、東京には何人もいる。田崎の目にさえとまらなければ、東京で食べてゆくのは実績のある初子には、さしてむつかしいことではなかった。

　けれどこの都市《まち》で元の世界に復帰する気持を、初子は失くしていた。真葛香山に陶彫を学び、その後西へ足を向け、各地の焼きものの里をめぐり歩くなかで初子は、その土地土地で黙々と土と向き合い、土と語りあっている陶工たちの素朴で自然な姿に出会って、そこに自分の向後の生き方を見出していたのだった。

自分もそんなふうに、世評や名利を競うことなく、自分の土で自分の求めるものを作ってゆきたいという思いが、動かしがたく脹らんでいた。だがそれが許されるのは東京ではなく、どこかの草深い片田舎でしかないだろう。そう思うと、初子はいっときも早く旅にもどりたかった。とはいえ、ここで旅に出るのを急いだのでは、折角回復しつつある青也の健康が、また崩れる恐れがある。まだ当分は東京でなんとか暮らしを立ててゆかねばならないのは、あきらかだった。

「どうだろうね」

と青也が台所の物音に気を遣うように小声で言った。

「この辺でおそねさんを断わって、わたしがめし炊きをやろうと思うのだが……」

「でも……」

「なに、躰のほうは大丈夫だ。毎日ただ薬を飲むだけを仕事にしていたのでは、かえって気が滅入っていけないよ」

「でも、おそねさんには一人前の給金を払っているわけじゃないんですよ」

「それでも、その分助かるでしょうが」

と言いあっているところへ、茄子の丸焼きができてきた。焦げた皮を剥き生姜溜まりを添えてたべる。初子の好物だった。

「いま、鰯の丸干を焼いてますから」

そう言って台所へ引返すおそね婆さんの背中を一瞥して、青也が目くばせをした。いましがたの話を伝えようということらしい。

「実はですね、おそねさん」

と青也が話を切り出したのは、丸干も焼きあがって、最後にお茶が運ばれてきたときだった。

「あなたにはお世話になりましたが、わたしも体調がもどって、退屈の虫が疼きだしたので、めし炊きくらいはやりたいと思いましてね……」

おそね婆さんはきょとんとした顔になった。家のあるじが、元気になったからめし炊きをするというのが、のみこめないようである。

初子が笑って言った。

「わたしが不器用で御飯ひとつ炊けないから、うちじゃ男と女があべこべになってるんですよ」

「おや、まあ……」

「でもね、本当のことを言うと、少々手元が心細くなって、それをこの人が心配してるんです」

「ああ、そうですか」

おそね婆さんはちょっと気まずそうに微苦笑した。

「実をいえば、あたしもそれを考えてましたよ。失礼ながら大したお金持にもみえないのに、お二人とも働きもせず毎日ぶらぶらして……。どこぞに金のなる木でも隠し持っていなさるのだろうかと、ね」

今度は初子と青也が微苦笑する番だった。その二人を見較べておそね婆さんがつづけた。

「どうですかね、旦那さんの病気も治ったということなら、お二人で屋台などやってみちゃ。あたしの知り合いが夫婦で屋台の夜啼きそばをやってましてね、これが結構稼ぎになるようですよ」

「夜啼きそばというと、あの、ピーと笛を鳴らして流してくるのですか」

聞き返す青也に、おそね婆さんはそうそうそれですよと膝を叩いて、身を乗り出した。

「なにね、夜啼きそばとは限りませんよ。おでん屋もあるんですよ。親方のところでしばらく修業すれば、道具一式貸してもらえるそうで、よければ紹介してあげますよ」

「しかし、そんなことが、わたしらにできますかねえ」

と言いながら、まんざらでもなさそうに視線を向けてくる青也から、初子は顔をそむけた。そんなことをするために東京へもどったわけではないと言いたかった。

青也の躰に不安がなくなったなら、いっときも早く、次なる旅へ出発しなければならない。

焼きものの特質や技を一つでも多く学ぶことは、初子が自分の陶彫をきわめるためばかりでなく、青也にとっても生計の道を得るための修業になるはずだった。その旅のなかで定住の地をもとめ、窯を持つ。それが二人の本当の門出になるはずだった。

二　屋台稼業

明治四十四年もあますところ半月あまりで終わろうとしていた。

おでん一皿にコップ酒一杯で長々とねばって、会社の愚痴を並べたてた客が帰ってゆくと、人通りもとぎれて急に寒さが身に沁みた。初子は客の手前はずしていた厚手のマフラーを、急いで首にまわし、酒燗用の鍋に手をかざした。

日比谷通りを浜松町の方へ一筋入った角地に、数店の屋台が風に吹かれて並んでいる。その東端が初子と青也に与えられた所場であった。

おそね婆さんの口利きで屋台のおでん屋をはじめて、二年になる。初子は四十二歳になっていた。この年で外の商売は辛い。それでなくても冬は寒さがこたえる。コンロのぬくもりで上体はなんとか凌げるが、足腰はメリヤスの股引を隠し穿いていても、しんしんと寒気が沁みる。

「おう寒《さ》ぶ寒ぶ」

と悲鳴をあげながら隣の焼鳥屋の女房が、背後からテントを割って顔を覗かせた。

「こう冷えたんじゃ、客足もさっぱりだ。うちはもう閉めようかと言ってるんだが、あんたらまだ頑張るかね」

焼鳥屋の夫婦は屋台歴十年というベテランだった。世話好きの夫婦で、初子たちが屋台をはじめた当初は、夫婦が何かと世話をやいてくれ、ときには自分たちの客をまわしてくれたりもした。

「もうお帰りですか。それじゃ、売れ残りでなんですが、おでんを少し持って帰って下さいな」

と初子は言った。

「おや、そう。すまないね。そんなら夜食に少し頂戴しようかね」

と女房は顔をほころばせた。

「うちはもう少し頑張ってみますよ。いつものお得意さんがまだでしてね、店を閉めたあとに来られたのでは気の毒しますから」

丼におでんを取りながら青也が言った。律気な言い分だが、半分は鍋の中身への言い訳に聞こえた。四角い銅鍋のなかには大根もこんにゃくも竹輪も、かなりの量が売れ残っているのだった。

焼鳥屋の夫婦が屋台の枠を残して引揚げてゆくのを見送って、初子は青也の頑張りがまた恨めしくなりそうだった。その気持に乗じるように、昼間の苦い諍いが思い出された。

きっかけは、初子が青也に、いつまでこの商売をつづけるつもりかと訊いたことからはじまった。

「それは風次第だね」

と青也は下煮の大根の皮を剝きながら答えた。あっけらかんとした口調だった。

初子は憮然とし、二の句を失った。が、驚きが冷めると、鳩尾《みぞおち》のあたりにぶくぶくと噴き出してくるものがあった。屋台をはじめるために生じた借金を返すにしても、また窯場めぐりの旅に出るにしても、先立つものが出来て、懐ろが温まるような風が吹かなれば身動きがとれない。実際、風次第だとわかっていても、青也の平然とした様子に気持がささくれた。青也に裏切られたような腹立たしさが、こみあげてくるのだった。

隣家のおそね婆さんの口利きで屋台稼業に入って二年。最初のうちは青也の意気込みにひっぱられてきたが、一年もすると初子は飽きた。飽きたというより、真冬でも休めず、天候や客足に一喜一憂しながら、ただ座して客を待つというあなたまかせの商いが、苦痛になった。朝から買出し、仕込みと働いて、夜おそくまで店を張っても、屋台の借り代や所場代、仕入れ代を差引くと、二人の生活費がかろうじて残るていどでしかないのも、情けなかった。

それなのに青也は溜息をつくどころか、酒の銘柄を増やしたり、おでん種を変えてみたりと、すっかり商売気を出している。それが初子には理解できなかった。

——香山先生のもとを離れて、西へ西へと七年も窯場を渡り歩いたのは、何のためだったのか……。

と思う。

そこには初子が自分の腕を磨くための目的以上に、青也を陶工として独り立ちさせたいという初子の切望があった。そうすれば、よしんば不慮の事態で青也が一人ぽっちになったとしても、食べてゆける。また旅のなかで二人の心に叶う場所が見つかったなら、そこに定住してもよい。そう考えての旅であった。そして旅はまだ完了していない。

——本当に陶工の道をすすむつもりなら、こんなところにぐずぐずしてはいられないはずだ。

初子はそう思い、詰問口調で青也に迫った。

「風次第って、まさかあなた、このままおでん屋のあるじに納まろうっていうのじゃないでしょうね。わたしは厭ですよ。こんな商いもう沢山！」

青也は初子を一瞥すると
「またはじまった」

と鼻を鳴らして、くるりと背を向けた。勝手にしろという態度だった。初子はカッとして、切り揃えられた大根を掴むと青也の背中へ投げつけた。

「なにするんだ！」

と青也は振り向きざま手を振りあげた。が、直ぐ包丁を投げ出して縁側へ逃げた。初子はその背へも執拗に言い立てた。

「わたしは愚痴をこぼしているんじゃありませんよ。わたしたちには、やり遂げなくちゃならないことがあるから、言うのですよ。このままでは二人ともおでん屋で終ってしまいそうだわ。あなたは何やら楽しそうだけれど」

「仕方がないでしょう」

青也はむっとした口調で言い返した。

「生活費が底をついて、承知ではじめたことだ。たいした稼ぎにはならなくても、とにかくきょうまで食べてこられたのだし、愚痴を言う前に少しでも売り上げをのばそうと、努力するのが悪いというのか」

「とか何とか言って、本当はもう窯場めぐりが厭になったんでしょ。でもわたしは、おでん屋の女房になるために駆け落ちまでしたわけじゃないわ」

「そりゃ済まなかったね」

切り返す青也の顔色が変わっていた。

「駆け落ちまでしてくれたひとを、つまらない商いに引っぱりこんだ。持病のために金を遣わせた。何もかもわたしが悪いんだ。重荷だというのなら放り出してくれても結構だよ。放り出して、好きな焼きもののめぐりの旅に出たらいい」

「あら、そう。わたし一人で行けというのね。わたしがいては、折角意気込んでいる商売の邪魔なのね」

と、そんなふうに売り言葉に買い言葉を投げつけあっているうちに、気持が嵩ぶり、自制が利かなくなった初子は、青也へ走り寄り思いっきり背中を蹴とばした。が、ひっくり返ったのは、着物の裾に足をとらえた初子のほうだった。

初子は転がったまま拳で畳を叩いて嗚咽した。惨めで口惜しかった。その原因が、東京に足を縛られていること以上に自分にあることはわかっていた。日頃の不満を、罪科もない青也についぶつけてしまうじぶんが、なさけないのだった。

しばらくして青也が言った。

「泣いて、気が済みましたか」

初子は泪を拭って座り直した。すでに嵐は去って、気羞《きは》ずかしさがもどっていた。その初子の心の動きを計るように青也がつづけた。

「もう、こんなことで言い争うのはよそう。お互い頼れる者は他にないんだから、力を合わせて生きてゆかなくちゃ……」

そして青也はさらに、あと一年頑張って旅の費用を貯えたなら、またどこへなりと焼きもの修業の旅に出よう、と言った。

嬉しい言葉だった。実際、青也のそのひとことで、初子は命を取りもどしたように心が弾んだのだった。

――あと一年。一年の辛抱だ。

と初子は冷えた手をこすり合わせながら思う。目標さえ定まれば、寒さにも堪えられる。商売にも身が入るというものだ。

「一杯おやりよ」

と不意に青也が言い、一升壜を取りあげた。

初子は喜んでコップを取ったものの、ためらった。

「でも、商売ものの酒だから……」

「いいんだよ。寒さしのぎだ」

それじゃ一杯だけ、と初子は頬をゆるめてコップを差し出した。

目当ての客があらわれたのは、それから間もなくだった。

「よう、まだいてくれたか」

と言いながら長椅子に腰を下ろす客へ、初子はお待ちしてましたと愛想をふりまいた。

三　明治終る

裏の家の屋根に照りつけていた西陽が退いて、路地を騒ぎたてていた子供たちの声も、下火になってゆくようだった。

屋台の親方の呼び出しで、昼過ぎから出掛けていた青也がもどったのは、空にはなお残照を残しながら、部屋内を暮色がひたしはじめる頃であった。帰りの途すがら仕入れてきたのか、青也は両手に大根や卵の入った籠をかかえていた。

「やれやれ、明日からまた店を出すことにきまったよ。ただし当分は夜九時には店仕舞いすること。酒を出すのは遠慮するという条件付きだがね」

言いながら仕入れてきたおでん種を台所へ置くと、青也は初子の枕元へ座って、顔にしたたる汗を拭った。

「それは、よかったわね」

と初子はこたえた。

「でも、お酒が売れなくちゃ辛いわね」

ああ、と青也は頷いた。

「そこのところで、なかなか折り合いがつかなくてね。話が長びいてしまったが、結局、気心のわかっているお馴染みさんには、そっと出す。見知らぬとび込み客には、その筋のお達しで、とか何とかいって酒は断わることになった」

「お客と揉めないようにしたいわね」

「うーむ、それより客足のほうが心配だよ」

明治天皇が崩御されて七日目であった。国中が喪に服したような恰好で、新聞は連日全頁を黒枠で囲み、天皇を追慕する市民がいまなお、皇居前に集まって泣き崩れていると報じていた。

こうした国をあげての哀悼の姿勢は、その日暮らしのしがない屋台にも、影響を及ぼさずにはおかなかった。号外が町々を走ったその日から、親方の指示で営業自粛の措置がとられ、初子たちは無収入に泣く羽目になった。そしてきょう、ようやく再開を許されたのだが、青也のいうとおり、果たして何人の客があるか心もとない限りだった。

「さて、待たせたね。おしっこを取ろうね」

青也は一息つくと、そう言って尿瓶《しびん》を取りあげた。初子の寝間着の裾をひらき、尻の下へ尿瓶を当てがうと、慰めるように微笑をうかべた。

ちろちろと陶器に落ちる音を聞きながら、初子は目を閉じた。身動きのならない病にとりつかれて二カ月の余になる。いまさら羞恥はなかった。それよりも青也の疲れた表情が気懸りだった。

初子より十歳若い青也はこの年三十三歳。男としては働き盛り、男盛りである。はじめて出会った頃の青白い初々しさは、苦み走った壮年の風貌に変わり、男の頼もしさも感じられなくはない。だが三十代にしては頬がこけ、無精髭の目立つ浅黒い肌に世帯の苦労がにじんでいた。

——この人には、苦労ばかりさせている。

と初子は思う。自分が思いもかけない病気になり、その病人と商いを一手に抱えて、ここで青也まで倒れたらどうなるか……。そう思うと、鳩尾のあたりに冷たいものが差し込んでくるようだった。

下の世話が済むと、青也は洗面器に水を汲んできて、初子の躰を拭きはじめた。

「ああ、いい気持。しっかり汗をかいて、頭のなかまで汗臭くなったみたい……」

そう言いながら、初子は、不意に目頭を熱くした。

初子がこの病のひきがねとなった風邪をひいたのは、四月のなかばであった。いったんは熱も咳もおさまったのだが、間を置いてまた発熱したかと思うと、躰じゅうの関節が痛みだした。

そしてそれがおさまると、今度は手足がおかしくなった。起きあがろうにも、手足がいうことをきかないのだった。そこではじめて医者を呼んで診てもらうと、風邪の菌が神経を犯しているので、急には治らない。薬を飲みながら気長に養生するしかない、とのことだった。

気長にとは、どれほどの間をいうのか……。頭は確かで口もきけるのに、手足がいうことをきかない。このじれったさに初子は苦しみ、落ち込み、すっかり気弱になっていた。

——もしかしたら、青さんはわたしに愛想を尽かしているのではなかろうか。

屋台を引いていった青也の帰りが、いつもより遅い夜などは、初子は真実不安を募らせ、胸が波打つのだった。

「それじゃ、すぐ夕飯を拵えてあげるからね」

そう言って、洗面器を抱いて台所へ行きかける青也に、初子は部屋の片隅からこちらをみている人形を、顔の傍へ置いてくれるように頼んだ。春先に、おそね婆さんに頼んで買ってきてもらった油土で制作した、中年女の座像である。

東京へ舞いもどって以来、はじめて手がけた作品だった。それまでのあいだ初子は、彫刻用の道具の手入れこそ怠らなかったものの、土に触れることは自分に禁じてきた。むっちりした土の感触を手にしたとたん、内に抑えているものが、堰を切って暴れだしそうな気がしたからである。ひとたびそうなれば、後先もなく撥屋の幸兵衛のもとへ駆けこみそうだった。

――でも、もう大丈夫だ。

そう思ったのは、暮れには青也との約束の一年が満ちるからだった。また新たな気持で窯場めぐりに出るなら、少し指を馴らしておきたい気持もあった。

三年も製作から遠ざかっていて、指先も感覚も後退していはすまいかという不安は、油土を手にした瞬間に消えた。立ちのぼってきたのは、身が震えるほどの喜びだった。

――これこそ、わたしの生命《いのち》だ。

初子は指先がくいこむばかりに油土を握りしめて、歓喜にひたった。そのあとは殆んど夢中だった。土の声に引き込まれるように指が、へらが心が動いた。

そうして出来あがったのは、日本髪を結った。顔も躰もまあるい中年婦人の座像であった。餡パンのような顔に、ちょいとつまんだような鼻、笑みをふくんだ柔らかな口元。美人というにはほど遠いお多福だが、しみじみと話がしてみたくなるような、温かさ、おおらかさがあった。

青也に見せると、ほほうと両手に受けて青也は、たちまち目に笑いを広げた。

「これはこれは、いずれのおっ母《か》さまでございますか」

おどけて言う青也に、初子もふざけた。

「お初にお目にかかります。はつの産みの母でございます」

そう言ったとたん、初子はどきりとした。自分の躰の底深くにひそんでいる。実の母が声を発したような気がしたのだった。

物心もつかないうちから乾家の養女となった初子は、実の母のぬくもりを知らなかった。その人について考えたこともなかったといえば、嘘になるが、不自由なく育てられたおかげで、特に会いたいと思ったことはなかった。けれどその人の肌の匂いぬくもりも知らぬ記憶の欠落は、そのまま初子の内に空洞となっていて、何かの拍子にそこから寒々とした風が吹いてくるのだった。

――もしかしたらこの女人像は、自分の内の空洞を、自分で無意識に埋めようとしたものなのかもしれない……。

青也に枕元へ移してもらった像を眺めながら、初子はそう思った。するとその思いに引きずられるように、浮かびあがってきたものがあった。そうなのだ、とまた初子は思った。

――青さんにも、おっ母さまがいる……。

十五の年に郷里を出て以来、一度も帰郷することなく、まして奉公先の能戸屋をやめてからは、行方不明も同然になっている青也である。口には出さないが、郷里や母親への思いは深いものがあるにちがいない。

「ねえ、青さん」

と初子は台所へ呼びかけた。

「あなた、一度越前の郷里へ、顔を見せに行ってらっしゃいよ」

包丁の音がやんだ。しかし青也のこたえはなく、ぱちぱちと粗朶のはじける音と、木の皮の焦げる臭いだけが返ってきた。

「べつに、いま直ぐというわけじゃないのよ」

と初子はつづけた。

「東京へもどる直前の頃、備前の和気《わけ》にいたでしょ。そこの窯場に備前焼の修業にきていた若い人、そう高瀬新平さん。その新平さんが、近々加賀へ帰るので、北陸へきたときは是非寄ってくれと、念を押して誘ってくれたじゃない。そういえば、あの人にわたし、彫刻を手ほどきすると約束してたんだわ。だから今度の旅は加賀にしましょ。加賀なら青さんの郷里にも近いし、好都合だわ」

初子の一人喋りのあいだに、ようやく返答を捜し出したらしい青也の声が、ぼそりと返ってきた。

「簡単にいうけど、帰り辛いよ」

それは何故か、と訊きかけて、初子は口籠った。

青也の郷里は、石川県と福井県の県境に沿って流れる竹田川のなかほどに、十数戸の民家が肩を寄せ合っている、小さな集落だと聞いていた。十五の年にそこを後にした青也は、旅の口入れ屋とともに山路を一日歩きとおして、加賀塩屋の港から船に乗ったのだった。それから十八年もたって、故郷に錦を飾るどころか、十歳も年上の女と旅暮らしをしていると知れば、家族がどんな反応を示すか、想像がつこうというものだ。

帰り辛いという青也の気持は、むしろ当然だろう。初子はそう思い至ると、自分の迂闊さに唇を噛んだ。

四　北国の友

風邪がわざわいしたとかいう初子の病が癒えたのは、結局、朝夕に秋の気配が感じられる頃であった。しかし手足の自由はもどったものの、寝たきりの時間が長かったために足が衰え、元通りの歩行ができるまでに、さらに二・三カ月かかった。そのあいだに、年は大正二年へと改まっていた。

元気になると、初子は直ぐにも旅へ出たいと願ったが、闘病中に親方への借金が生まれていた。青也一人の屋台では客の入りがはかばかしくなく、しかも初子を案じて早目に切りあげてくるので、稼ぎも減ったうえに、医者代がかさんだのである。

　それやこれやで、借金を返済するのにまた一年を費し、二人が予定の白江村に向かったのは、大正三年の春であった。

　白江村は岡山県の和気で知りあった、高瀬新平の郷里である。石川県能美郡に属し、水田耕作を主とした農村だが、屋根瓦や九谷焼なども産物として数えられていると聞かされていた。新平の父親は瓦焼の職人ながら、九谷焼はもちろん各地の焼きものを集めていて、息子がその道で大成するのを願っているという。新平が九谷焼の里から岡山県の和気まで、わざわざ備前焼を習いにきたのには、そんな理由があった。

　和気で別れたとき新平はまだ二十歳《はたち》の若者であったが、それから早くも五年を過ぎている。かっての約束をいまも覚えているだろうかと、初子は一抹の危惧を抱きながら、青也とともに北陸本線の小松駅に降り立った。

　東京ではちらちらと桜便りの聞こえる季節であったが、北陸の風はまだ肌を刺すような冷たさだった。駅に降り立ったときは薄陽が射していたのに、歩きだして間もなく、いまにも雪が舞いだしそうな空模様に変わった。二人は身を寄せ合って、霜をかぶった田畑の道を歩いた。

　人影の絶えた田畑のなかに、ちらほらと建つ農家の一軒で道を尋ねて、教えられた方角へ向かうと、大きな竹藪をまわりこんだところに、村の中心地らしい集落があらわれた。轍の跡の残る道に沿って、鄙びた民家が建ち並ぶなかに、タバコのブリキの看板が風に吹かれている。一つ一つの表札を読んでゆくと、しばらくして、軒下に古瓦を積みあげた家の前に出た。黒ずんだ表札を確かめると、どうやら高瀬と読めた。

薄暗い店内に入って、細長く裏手までぬけている土間の奥へ声をかけると、聞こえていた話し声がやんで、あらわれたのは、見違えるほど大人びた新平その人だった。一瞬、互いにみつめあって、同時に「月谷先生！」「新平さん」と声をあげた。

「なんと、まあお懐かしい」

「お久しぶりです。あなたはまあ立派になられて……」

「いやあ、柄《がら》ばかりでかくなりまして……」

と新平は照れて、実は一昨年に結婚して、すでに一児の父親になったと言った。

「まあ、それはおめでとうございます」

初子は眩しいものをみるような微笑をおくりながら、半分うろたえていた。新平に贈るべき祝いの金と、自分たちの持ち合わせの乏しさが、同時に頭をかすめたのである。

立話のさなかに新平を呼ぶ声が聞こえ、失礼と奥へ入った新平は直ぐもどってきて、

「親爺に叱られました。そういうお客さんなら、なぜ直ぐ部屋へお招きしないかと……」

と言い、二人を奥へいざなった。

「福寿」　高さ23cm

「寿老人」　高さ21.5cm

「寿老人」　（中央）高さ7cm

店の真裏に当たる座敷で、新平の両親が炬燵《こたつ》に入っていた。新平の紹介でこもごもに挨拶を交わすと、皺の深い赤銅色の顔をした父親が、こんな寒い土地では、温《ぬく》もってもらうのが一番のもてなしで、と言い、二人に炬燵をすすめた。

炬燵のせいか暖かい部屋だった。二階で赤児を寝かしつけていたという新平の新妻が降りてくると、ひとしきり話がはずんだ。そのなかで、父親が今夜はうちに泊まってゆけと言った。それは初子が待っていた言葉であったが、同時に失望ももたらした。

今夜というのが単に言葉のあやならばよいが、初子としては、一夜の客として訪れたつもりはなかった。しばらく高瀬家にとどまって、新平に約束の陶彫を教え、そのかたわら青也とともに九谷焼の技術をかじり、なろうことなら、これまで渡り歩いてきた窯場でのように、多少の収入も得たいのである。

しかし、さして裕福とはみえないこの家に、それだけの力があるかどうか、はなはだ心許なかった。瓦職人と聞いている父親は、昼日中から炬燵に入っているうえ、新平もはたして、陶工としてどれほどの地歩を築いているのかわからない。

初子は新平と父親を見較べながら、言葉を選び選び言った。

「いかがなものでしょう。今夜はこちらで泊めていただくとして、この村にしばらく滞在できる安い宿はないでしょうか。折角ここまで来た以上、九谷焼も学びとうございますし、できれば近在の陶工の方たちに、陶彫の技法を伝授したいと思うのですが」

「それは嬉しいですね」

と即座に賛同したのは新平だった。

「人集めはまかせて下さい。知り合いの陶工や、焼きもの好きの連中を誘いましょう。自分も是非教わりたいですし、場所はぼくの工房、といってもむさくるしい仕事場ですが、そこを使って下さい。宿のほうは……」

言いながら新平は父親へ顔を向けた。

「どうかな親父さん、本家の伯父ごのとこ、あそこなら空いてる部屋があるよな」

うむ……と父親は言い淀み、瞼をしばたいた。

「そりゃ、まあ、あそこならちょくちょく旅の人を泊めたりしておるからな。しかし、なんだ、お前、なんでまた陶彫なんぞを習うんだ」

「きまってるじゃないですか」

新平は胸を反らすように言った。

「目を養い、腕をあげるためですよ。月谷先生でも、西洋の彫刻から出発して、横浜で真葛香山という偉い先生に陶彫を習い、その上なお、あちこちの窯場を渡り歩いて研鑽を重ねておられるんですから。ぼくもせめて、その半分なりとも未知のものを吸収して、自分なりの九谷焼を創り出したいのです」

新平の言葉は、自身の意欲を示しただけにとどまらず、初子を見る父親の目も改めさせたようだった。実際、父親は、

「そうですか、そんなお方が北陸くんだりまで、わざわざお越し下さったのですか」

と、にわかに恐縮して、そういうことなら早速本家に、わが家の大事な客人だからと掛け合ってこようと言い、腰をあげた。

そのときになって父親の足が不自由なことがわかった。三年前に仕事先の屋根から落ちて足腰を痛めたため、瓦造りの工場をたたみ、いまは仕事の忙しいときのみ、元請の工場へ手伝いに行っているという。

「おかげで、といっては何ですが、親父の工場を譲りうけて、ぼくの工房に改造しました」

そう言って新平は、初子たちを工房へ誘った。

裏へ出る土間の木戸を押し開くと、意外に広い庭があり、十坪ほどの真新しい工房と陶石を砕く小屋が並び、小ぶりながら窯も築かれていた。さらに工房には六畳の座敷もあって、新平の作品だという茶碗や鉢などが、棚に飾られている。

今夜はこの部屋で休んで下さいと新平が言うのへ、初子は礼を述べながら、この工房を借りて作る最初の陶彫を、新平への結婚祝いにすることを考えた。

そうして翌日から、借りものの工房で、新平をはじめ近在の陶工や、焼きもの好きの旦那衆に陶彫を教えたり、暇をみては青也と一緒に大聖寺から九谷村へ入って、古い窯跡を訪ねたりした。

北国の春は薄紙を剥ぐようにゆっくりとはじまり、そしてある日忽然と華やぎだした。遠い山峯になお冬の色を残したまま、空は一気に明るみ、野山の桜が終らぬうちにもう桃の花がほころんでいる。道端の草木も緑をとりもどし、わずかながら季節を異にする花たちが、ほぼ同時に咲きはじめると、初子は青也とともに北国の花をもとめて写生に出たりもした。

——やはり田舎はいい。

写生帖に鉛筆を走らせながら、初子はうっとりするような心地で、そう思った。他人の家に厄介になっている不自由に目をつぶれば、北国の村は実に静かで清澄で、花も草もひときわ色が深かった。

高瀬の本家に、身なりのよい白髪の男が初子を訪ねてきたのは、北国にもようやく緑の深まる初夏の頃であった。中本と名乗る男は、東京の住所と美術商の肩書の付いた名刺を差し出して、数日来、九谷や小松をまわって焼きものを物色していたところ、はからずも、かつて東京の彫工会展や美術協会展で、数々の賞をさらっていた月谷初子が、こちらに来ていると聞いたと言い、ある仕事の依頼を持ち出した。三重県人の知人が、自分の父親の銅像を作りたいと願っている。引受けてもらえるなら、旅費、滞在費、制作費いっさいの他、相応の謝礼を進呈するというのである。

初子は顔が熱くなった。そうなれば懐ろの心細さが満たせられる。しかも思いがけないところで、昔の自分を知っていてくれる人物に出逢え、かつ久方ぶりに大きな仕事ができるのである。ただ、銅像制作ともなれば、それだけの設備も要れば、手伝いの人手も欲しい。それを問いただすと、中本は心得顔に頷いた。

「その点は承知しております。手伝いの人間のこともふくめて、早々に準備するよう先方に申し伝えましょう。すべてが調い次第、先生には身一つで当地へ発っていただければ結構です」

「それを聞いて安心しましたが、実は、もう一つお願いがございます」

初子はそう言うと、新平の工房へ出掛ける支度を終えて部屋の隅で待っている青也を、傍らへ呼んで、つづけた。

「こちらは、わたくしが東京を去るときから今日まで、行動をともにしてきた者です。籍は入っていませんが、夫婦と思っております。たとえ一カ月でも、この人を他家に残してゆくのは気懸りです。一緒に先方に厄介になりたいのですが、よろしゅうございますか」

「北川さん、とおっしゃるのでしょう」

と中本は微笑した。

「あなたのことも耳にしております。ご夫婦なら一緒に行かれて当然というものです」

青也は、ご面倒をおかけします、と慎《つつ》ましやかに言って、頭を下げた。夫婦とはいえ、自分の居場所はあくまで初子の一歩後ろであると、自分を律している物腰である。それは旅先で他人に接するときの、青也のいつもの姿勢だったが、初子にはせつなかった。

――もっとおおらかに、亭主面をしたっていいのに……。

と思うのだった。

その夜初子は改めて青也に、郷里へ顔出しするよう勧めた。

「ここにいるのもそう長くはない、という気がするのよ。三重での仕事を終えて一旦はここへもどっても、また直ぐ別のところへ行くことになるかもしれない。そうなったら、あなたが郷里へ顔出しできる最後の機会になるのかもしれないのよ」

ああ、うむ……と青也は生返事でごまかしていたが、何日かたって不意に母親に会ってくると言い出した。

その気が変わらぬうちにと、初子は身支度を急がせ、両手いっぱいの土産を調えて小松駅へ送って行った。

「二、三日ゆっくりしていらっしゃい」

列車に乗りこむ青也の背中を励ますように叩いて、初子が言うと、青也はそうだねと頷いた。

列車が動き出すと、青也は窓から首をのばして、縋るような目を初子に向けた。手に手を取って駆け落ちして以来、はじめて離れ離れになる日だった。

――帰ってくるだろうか……。

突然初子はそう思い、ぎょっとなった。

だがその翌日の昼近く、初子がまだ出支度をととのえているさなかに、青也は早々と固い表情でもどってきた。この時間にもどるには、むこうを朝早くに発たねばならないはずである。

初子は目を丸くして訊ねた。

「随分早いお帰りね。どうかしたの」

青也は無言で首を振った。訊かないでくれと訴えている目が赤味をおびて、潤んでいた。

初子も言葉をなくして、黙って青也を抱きしめた。青也の躰から乾いた土と草木と、そして深い悲しみのにおいがした。竹田川から福井駅へぬける早朝の峠道を、項垂れて歩いている青也の、孤独な姿が脳裡をよぎった。

第七章　名古屋・御器所村へ

一　熊沢一衛の厚志

大正四年十月、初子と青也は、国鉄名古屋駅に出迎えてくれた熊沢一衛とともに、人力車を連らねて名古屋市外東部の御器所《ごきそ》村へ向かっていた。

一衛は、初子たちが白江村の高瀬家に寄宿していたとき、美術商の中本を通して、父親の銅像制作を依頼してきた人物である。その銅像は、初子が前年の八月に三重県入りしてから、一衛の父親に会ってその人柄や歩みなどを取材しつつ想を練り、十月初旬に完成したのであったが、銅像制作に何度か立ち会ってきた一衛は、初子の仕事に賭ける姿勢や銅像の出来栄えに、深く心をゆさぶられたようだった。

初子が仕事を終えて白江村へもどると、追いかけるようにして一衛から感謝の手紙が届いた。

銅像が父親の禁欲的な誇り高い志操を、見事に表現していることを喜び、これだけの技量を持ちながら、初子がいまだに自分の仕事場を持たず、渡り職人に甘んじているのはもったいない。ついては自分が愛知県の御器所村に所有している土地に、無償で仕事場を提供したいというのであった。

初子にとってそれは天にも昇るほどの喜びだった。

——ついに自分の窯が持てる。

その喜びを青也と語り合って、その夜はまんじりともしなかった。御器所村に定住するとなれば、そこに落ち着く前に周辺の焼きものの産地に、見ておきたいところがあった。

たとえば愛知県でいえば瀬戸があり、常滑もあるが、他にも赤絵の歴史を持つ犬山もある。また岐阜をみれば、瀬戸と並び立つ美濃焼がある。瀬戸と常滑は、真葛香山のもとを離れて、西へ焼きもの修業の旅に出た当初に、束の間足を踏み入れていたが、犬山や美濃は未知だった。折角の機会だから、この二カ所を見て行こうということになった。

二人が高瀬父子に別れを告げ、美濃赤坂へ向かったのは大正四年の三月、白江村にはまだ雪の残る季節であった。同じ頃、御器所村では二人のための新居の造作がはじまっていた。美濃赤坂には三カ月滞在して、六月下旬に犬山へ移った。そしてこの日の愛知入りであった。

「美濃、犬山はいかがでしたか」

と、二人を出迎えた一衛は訊ねた。柔らかな包みこむような口調である。鷹揚でいて、しかも気配りができる。本物のお大尽とはこういう人のことかもしれない、と思いながら初子は、

「おかげさまで、はじめて先行きや懐ろの心配なしに勉強させていただきました」

とこたえた。実際そうだった。真葛香山のもとを出て以来どこへ行くにも移るにも、財布の中身を数え数え、薄氷を踏む旅の連続だった。しかし今回は持ち金を遣い果たしても、御器所村という逃げ場がある。その安心感から、はじめて風景に目を遣るゆとりが生まれ、奥深い美濃の山々や、その足元を滔々とゆく木曽川の流れを楽しみながら、旅を終えることができたのだった。

人力車は、砂埃を巻いて走る市電と競い合うように、名古屋市の中心街をぬけ、背中の太陽が横顔へまわると、やがて鬱蒼と樹林のひろがる公園の脇道へ入り、まもなくゆるやかな坂の上に停まった。

目の前に黒い板戸を付けた古風な門があった。どうぞと一衛に促されて門をくぐると、植木を形よく配した庭の正面に、平屋建ての真新しい家屋がみえた。家の両脇から背後にかけては、楓、榊、櫟などの三百坪はあろうかという雑木林である。初子は目をみはった。家屋はともかく、予想もしなかった敷地の広さなのだった。

家屋は、玄関の広い土間と、それを鉤形に囲む板張りの仕事場。そしてその裏に六畳の和室

が二つと、さらにその奥に床の間付きの八畳の和室が、青々と藺草《いぐさ》の匂いを放っていた。台所は畳三枚ほどの板の間と竈が、玄関からつづく長い土間をはさんで、八畳の座敷に向きあっている。戸棚の地袋には米も味噌もあり、押入れには真新しい寝具や座蒲団まで調えられていた。

「まあ、何から何までお気遣いいただいて、本当にありがとうございます。ご厚志に甘えて住まわせていただきますけれど、何やらあまりに厚かましくて、何をどうお礼申し上げればよいのか、戸惑うばかりです」

初子は言いながら、自分の声が妙に甘い鼻声になってゆくのをとめられなかった。

「いや、いや、礼だの何だのと、そういう世俗的な儀礼は無用に致しましょう」

一衛は笑ってそう言うと、さらに笑みをひろげて、

「親父も言ってましたよ。仕事をしている先生の姿が、なんとも初々しくて美しいと。ああいう才能のある美しい人を、貧しい姿で野に放っておくのは男の恥だ、とも」

「まあ、なんて嬉しいことを。でも、きっと驚かれたのでしょうね。どんな偉い先生が現われるかと思っていたら、痩せて薄汚れたお婆さんが現われたのですから」

「お婆さんなどと、とんでもない」

「でも、わたし四十の峠に達してますのよ。もう誰にも振り向いても貰えないお婆さんですわ」

初子は怨じるように流し目を遣って、言った。

「それはちがいます。男でも女でも若いときの魅力は、うわべのもの。特に女の方は四十過ぎてからが華なのですよ。躰の内から品のいい色香が滲み出るのが、この年齢なのですから」

一衛は力をこめてそう言うと、突然顔を赤らめて口ごもり、

「ま、仕事に倦んだときは、目の前の鶴舞公園にでも散歩に出て、気分転換して下さい」

と脈絡もない言い訳を残して、待たせてあった人力車で帰っていった。

その後ろ姿を初子は道路で見送りながら、自分がはじめて出会ったパトロンが、あの生糸商人の田崎ではなく一衛であったなら、自分の人生は変わっていただろうか、と思った。その思いの下には、この恩義の裏には、またしても何か高い代償が潜んでいるのではあるまいか、という不安がわだかまっていた。それは今回の話が一衛から提示されたときから、脳裡にちらついていたものだった。しかしその不安に厚い蓋をしてしまうほどに、自分の窯を持つ喜びは大きかったのだ。

「世の中には、ほんと、ああいう奇特な篤志家がいるのだねえ」

と、背後に青也の声がした。初子はなお、木の間隠れに遠ざかる人力車へ目を遣ったまま、そうねえと吐息して、言った。

「それに較べて、わたしたちはいつも誰かの世話になっているわね。でも、いつか世話にな

った方たちに恩返しがしたいわね」

だが一夜が明けると、初子の頭からは『前進』以外のことはきれいに消え去っていた。青也と手をとって彫刻界から姿を消して十六年。初子は四十六歳になり、青也も三十六を迎えていた。独立には遅すぎるくらいの年齢である。急がねばならなかった。

早速、名古屋市内を尋ねまわって、掛け買いのできる店から工房の備品をまかない、瀬戸と美濃、信楽と三種類の土を仕入れて、十六年のおさらいがはじまった。十六年の窯ぐれ暮らしのなかで、初子はすでに自分の作風といえるものを掴んでいたが、青也にはまだそれがなかった。轆轤の扱いも充分とはいえず、茶碗を作っても鉢を拵えても形どおりにすぎて、面白味に欠けた。

「青さんねえ、茶碗を作るとか何を作るとか考えないで、ちょいと土と遊んでみるか、というふうに気楽にやってみたらどうかしら」

青也と並んで仕事をしながら、初子は青也の手元へそんな言葉をかけたりもした。

しかし解決しなければならないことは他にもあった。窯である。仕事場は与えてくれたけれど、さすがの一衛も窯のことまでは頭がまわらなかったらしく、そこには作品を焼く窯がなかった。しかも窯を築くには、専門の職人と高額な費用が要る。いまの初子にその余裕はなかった。

借りる、といっても現在盛業中の陶磁器会社では、話も聞いてはもらえない。また個人の同業者では、商売敵と警戒されるくらいが落ちだろう。いっそ焼きものとは関わりのない業種で、窯を使うところはないかと、初子はあちこちを訊ねまわった。

内田研工所の名を聞いたのは、年が明けて近くの畑に梅の花が咲き盛る頃であった。同じ村の荒畑という字地に、工学士の肩書を持つ男がいて、この人物の工場でカマを使っているという。そう教えてくれたのは、近所の漬物屋のあるじだった。

そのあとの話は上の空で聞き流して家にもどると、初子は着物を着替え、髪を撫でつけ、薄化粧をほどこして家をとび出した。怪訝そうに見ていた青也に説明するのも忘れていた。

工学士の肩書を持つというだけあって、内田研工所は洋風の近代的な店構えであった。事務所のガラス戸をあけると、カウンターの内で、水色の揃いの上《うわ》っ張りを来た若い女が、机を並べて算盤をはじいている。窓際ではワイシャツに腕カバーをはめた、三十代とみえる男が製図台を睨んでいる。それが内田であった。

カウンター越しに初子の話を聞くと、内田は困った表情になり、何か勘違いしていないかと言った。

「まあ、たしかにカマといえばいえないわけではないが、うちのは正確にいえば電気炉でして、陶磁器を焼く窯とはちがいます」

あっ、と初子は二の句を失った。頭から血の退くのがわかった。気負いこんできただけに、思惑のはずれたショックは大きかった。だがここであっけなく退散したのでは、子供の使いというものだ。

——何か方法があるはずだ。

と思った。電気も薪も熱を出すのに変わりはないだろう……そう考えた。ここまできた以上、なりふりかまってはいられなかった。

「でも内田さま」

と初子は、カウンターへ身を乗り出すようにして言った。

「電気でも、物が焼けるのでございましょ」

「それはそうですが、しかし土を焼くとなると……」

内田は首をかしげ、眉をひそめた。初子はひるまなかった。

「土を焼くのと、たとえば金物を焼くのとは焼き方がちがいましょう。それくらいはわたくしにもわかります。けれどその辺は、温度を調節するとかで、何とか工夫できるのではございますまいか」

「そうかもしれませんが、何分にも土を焼いたことはありませんから」

「お願いです、内田さま。わたくしは主人と一緒に国内各地の窯場を渡り歩いて、窯の焚き方も学んで参りました。その電気炉とかも扱い方を教えていただければ、土を焼く方法を見付けられるかもしれません。厚かましいとは存じますが、一生のお願いでございます。わたくしどもは十六年もの苦労の末に、ようやく独立は致しましたが、窯を築く資金がなくて進退に窮しております。どうか助けると思って、内田さまの炉をお貸し下さい。その炉で土を焼く方法をお授け下さいまし」

そうまくしたてると、初子は目に力をこめて内田を見た。哀願口調とはうらはらに、なんとしても内田を説得せずにはおかぬという気持だった。

二　緑陶房をひらく

初子は先刻から幾度もへらを持つ手をとめて、窓の外へ目をやっていた。雑木林に散り敷いた落葉が、ひとかたまり風に乗って庭を舞っている。が、初子がみているのは落葉の舞いではなく、その先の門である。そこに、もう現われていいはずのものを待っていた。

——遅いじゃないの。

初子は少し焦れて、轆轤師《ろくろし》の横で土を練っている青也の頭の上へ、視線を走らせた。そこの柱時計が約束の九時を十五分も過ぎた数字を指している。

――配達の途中で何かあったのでは……。

そう思ったとき、リンリンとベルを鳴らして自転車が門を入ってきた。

初子はへらを放り出して玄関へ走った。宣伝用のちらしができあがってきたのだった。

配達人から一括りのそれを受取ると、初子は男たちの見守るなかでせわしなく紐を解いた。

包装紙をひらき、ちらしを手に取ると、男たちが「おう」と声をあげた。

初子の陶彫作品の他、青也と轆轤師、絵付師の三人共同で製作した茶陶など、合わせて六点の写真に宣伝文を添えたちらしである。

「こりゃ、よう出来とる。写真が実物に負けずによう撮れとるわ」

「これで、どっと買い手が来てくれたら、ありがたいがのう」

男たちが相好を崩すなかで、初子は宣伝文を読んだ。

拝啓　愈《いよいよ》御清福の段奉賀候　扨《さて》当所は昨年来当所主内田工学士管理の下に開始されたるものにて之有《これあり》　専ら美術的陶器製作に従事仕居候　何分にも未だ開始以来年月浅き事にも之有　素《もと》より卓越精良なるものは望む可《べ》からず候へ共　夫々《それぞれ》斯道の名匠を招致し　其妙技と

最新科学の実地応用とに依り　当所一流の特色を発揮致す可《べ》く努力仕居候　何卒御引立之程偏《ひとえ》に願上奉り候

敬具

大正七年十一月吉日

名古屋市外御器所村荒畑
内田研工所内
緑陶房

それは初子と青也が何日もかけて考案した文章だった。誇大に走らず卑屈にならず、さりげなく自信のほどを謳い、かつ内田にも花を持たせて、ついでに内田の知人友人も客のうちに加えたいと計算したのであったが、これで思惑どおりに客が来てくれるだろうかと思うと、初子は胸が苦しくなった。

「それで、これをどこで配るだね」

と轆轤師が訊いた。

「名古屋市内の美術店とか陶磁器店に置かせてもらって、お客に配ってもらいます」

と初子はこたえて、あとの言葉を青也へ向けた。

「ご近所にも配ったほうがいいかしらね」

そうとも、と青也は頷いた。

「しかし、どこよりも第一番に内田先生のもとへ持参して、見ていただくべきだよ」

そういうことにはこまかく気配りのできる青也だった。

実際、内田の協力がなければ、この日を迎えることは不可能だった。

二年前、初子がいきなり内田の事務所へ押しかけて、カマを使わせて欲しいと申し込んだとき、内田は呆っ気にとられながらも、初子の強引さに押し切られたように、

「それでは、まあ見るだけでも見てごらんなさい」

と初子に電気炉を見せたうえに、炉の空いているときならばと、陶器の焼成テストを許してくれたのであった。

しかも初子らが作品を持ちこむと、内田は炉の扱い方から温度のあげ方など、殆んど付きっきりで世話をしてくれた。そうしてテストを重ねるうちに、内田の目の色が変わり、初子の知らないところで自分から粘土を仕入れて、研究してくれたのだった。

思いどおりの焼成ができたのは夏も盛りの頃であった。素焼きをし、釉をかけ、本焼を終えて、炉から取り出した十数点の作品を、一点一点掌に受けて、それぞれの色、形、匂い、感触をたしかめると、初子は思わず全身の力が抜けた。コンクリートの床に座りこんで、肩をふる

わせた。喜びが言葉にならなかった。あふれてくるのは泣きべそのような笑いと、震えばかりだった。

横にいた青也が気付いて声をかけた。

「そうか、出来たんだね。これでいいんだね」

そう言うと青也は奥へとんでいった。殆ど間を置かずに内田が、来客と一緒に走り出てきた。

「出来たんですって？　成功したんですって」

いやあ、よかったァ、と悲鳴のような声をあげて、内田は青也に初子にと抱きつき、さらに並べられた作品の一つ一つを抱きあげて、頬ずりを繰り返した。

そうして感動の一夜が明けると、初子は早速轆轤師と絵付師を募集する広告を新聞に載せた。この頃には青也の轆轤の腕も上達していて、練熟の職人と並べても見下される心配はなかった。

広告が出ると、一両日のうちに何人もの応募者があった。初子はそのなかから、赤絵の経験を持つ絵付師と、瀬戸の窯元で十年余働いていたという、女房持ちの轆轤師を選んだ。若くて生きのよい轆轤師もいたが、あえて女房持ちを選んだのは、彼女が初子の希望する女中仕事を承知してくれたからだった。

専門の職人を雇い、電気炉での焼成にも成功して、雑木林に蝉の声があふれるなかで、本格的な作陶がはじまった。

最初は苦しい出発だった。ここまでくるまでに材料の仕入れ先をはじめ、米屋、乾物屋など台所の材料にまで借りが生まれていた。作品を売るにも、もちろん宣伝費などひねり出しようもなかった。名古屋市内のその種の店に作品を置かせてもらい、売れた分から職人の給料や掛け金の支払いにまわして、また次の掛け買いをするという仕儀だった。

それでもぽつぽつと作品が売れだすと、美術商や陶磁器店のあるじなどが、そちらから訪ねてくるようになり、近在の好事家の影もちらつきはじめて、じりじりと作品の値が上がっていった。

ちらしを作りなさいと言ったのは内田であった。

「作品が売れてきたといっても、いまの状況では、あなたたち五人がカツカツ食べられるていどでしょう。この辺で一つ宣伝をしてみちゃいかがです。商いには宣伝も必要ですよ。もちろん売れゆきをのばすのが目的ですが、それと同時に、皆さんの作品が単なる職人仕事ではなくて、美術品として魂をこめていることを、世間の人々に知らせるのです」

内田のその示唆に従って、ちらしが出来あがった。

そしてそのちらしの効果は二・三カ月のうちに目にみえてきた。とくに初子の陶彫は、直接緑陶房を訪れる茶人や好事家によって値が吊りあげられ、作るはしから売れていった。

初子の作品が高値で売れるのにつられて、青也の茶陶にも値がつき、いつか緑陶房は、粘土

「虫の音」　高さ20cm

「だるま」　高さ33.5cm

「布袋《ほてい》」　高さ10cm

「寒山」　高さ35cm

も釉薬も即金で必要充分に購入することが出来るようになっていた。

懐が温かくなると、初子はよく青也を誘って好物の鰻を食べに出かけた。出かけるときは必ず新調の着物に着替え、人力車を呼んだ。ときには二人の職人やその女房も引連れて料亭へあがって、会計係の青也をはらはらさせた。

しかし初子は希望に満ちていた。希望の行方には自分の窯を持つという夢があった。十七年前、真葛香山のもとを去ったときには、それはまさしく夢であった。長い流浪のなかで、夢は夢のまま消え去ろうとしたこともあった。だが、いまそれは手を伸ばせば届きそうな近さにあった。借りもののカマから自分の窯へ。そのときが本当の独立であった。

初子が内田研工所の電気炉と別れて、念願の窯を持ったのは大正八年の末であった。それは御器所窯と命名され、初子を中心に青也や職人、弟子たちが互いに競い合いながら、窯出し第一号作品に向けて制作がはじまった。

三　初めての窯

桜には少し早いものの、辛夷《こぶし》が白い花を揃え、沈丁花もそこ此処に芳香を放っていた。葉を落した樹木が多いせいか、雑木林のなかは意外に明るい。枝葉を縫ってくる木漏れ日の下に立てば、やはり春の温かさであった。

樹間の広い場所を選んで、十人ほどが休息できる広い縁台を置き、緋毛氈を掛けると、林のなかがさらに明るむようだった。手伝いの主婦たちを指揮して、台の上に、青也の手に成るたばこ盆と菓子鉢、それに手焙りを置けば、それ以上説明を要しない休憩場の出来あがりである。

玄関前の庭にも同じものを設《しつら》えた。ただ、こちらは樹林や花の香に代えて琴を配した。弾じるのは近所の娘である。盛装して出番を待っている娘に、どんな曲を弾いてくれるのかと初子が訊ねていると、工房の飾りつけが出来たと知らせがきた。

「上手に弾けたら、ご褒美をはずみますよ」

と娘を励まして、初子は工房に入った。隣家の鈴木はるが、すぐ上気した顔を近づけてきた。

「こんなところで、いかがですか」

「そうですねえ……」

初子はゆっくり工房内に視線を廻した。普段は汚れ放題の工房が、見違えるほどきれいに磨きあげられていた。作陶の道具類も片づけられて、中央の土間には、はるがどこかの会社から借りてきた、大きな丸テーブルと折り畳みの椅子が二十脚。壁には青也の花活けが、それぞれ花をふくんで掛けられ、花の下には初子の陶像がバランスよく配置されている。これら内外の飾りつけすべて、はるが前日から町内の主婦や娘らを動員して調えたものだった。

「はるさんの才覚には、ほんと恐れ入ります。あなたがいて下さらなかったら、ここまでとても準備できなかったと思います」

と初子は礼を言った。はるは隣家の気の好いあるじの女房で、あるじに輪をかけた世話好きだった。

初子が御器所に移り住み、日常の挨拶を交わすうちに親しくなり、やがて、ぜんざいを拵えただの、散らしずしを拵えただのと、はるはしげしげと初子の家に出入りするようになった。そして初子のことを、先生は土のことには詳しいかもしれないけれど、すぐ他人《ひと》を信じてしまう世間知らずだ、と心配して、初子の家に出入りする酒屋から洗い張り屋にまで目を光らせるのだった。ときにはその親切が煩わしいこともある。しかしきょうの日には、心底ありがたいはるの存在だった。

客は案内の十時前から次々とやって来た。御器所窯初の窯出しの朝であった。

近所の好事家を除けば、徒歩でくる客はいない。いずれも人力車を乗りつけ、なかにはハイヤーに相い乗りしてくる客もいた。しかも客が客を連れてきたらしく、三十枚ほど送った案内状より、客の数が大幅にふくれあがった。その殆んどが一見《いちげん》の客であった。

「ようこそお越し下さいました。まずは一服なさって下さいまし」

初子は一見も馴染みも別なく愛想をふりまいた。嬉しく晴れがましい心地だった。その昔、はじめて美術展に出品し、入賞を果たして公の注目をあびたときよりも、胸が熱かった。展覧会の客とちがって、いまここにいる客はすべて初子につながっていた。そして初子はじかに彼らの声を聞き、肌のぬくもりを感じとるのである。

美術家にとって、公的な美術展だけが生きる道ではない。こうして市井の人々の支持や好意に支えられて、自由に野に生きるのも素晴らしいではないかと思う。そしてそれが実は、創る者と受ける者との一番自然なかたちではないか、とも思うのだった。

庭では琴の音が流れ、真新しい割烹着に身を包んだ主婦たちが、点茶を捧げてせわしなく行き来していた。

頃合いをみて初子は客を窯の前に誘った。三十人の予定が倍近くにふくらんだ客は、二重三重の人垣をつくった。

窯の口が開けられ、青也、職人、弟子たちによって一点一点運び出される作品に、初子は厳しい目をそそいだ。作品には、初子と青也が十数年の辛苦修行に堪えた思いをこめて、「忍」の一字が刻まれている。その印を打った以上、たとえ初窯の祝いの作品であれ、不出来なものを目こぼししてはならなかった。

何点目かに運び出された花器に、初子は待ったをかけた。青也の作品である。火の当たりが悪かったらしく、釉の色が半分くすんで厭な色をしていた。

「いけませんね、これは」

と初子は了解をもとめる目を青也に向けた。そして青也が頷くと、すぐさま金槌をふるった。金属のような音をあげて花器が砕けると、客のあいだから嘆息があがった。

初子は自分の作品にも容赦なく鉈を振るった。風になびく薄物の衣裳の線が、釉薬のせいで厚ぼったくなってしまった、とそれだけのことでも許さなかった。

それでも破棄された作品が数点内にとどまったのは、さいわいだった。

窯出しが終わったところで、初子は客と作品を工房へ移した。競《せ》りのはじまりである。売り主はむろん初子であるが、競売を演出した男がいた。舟木という陶芸新聞の発行主である。あるとき新米記者を従えて緑陶房の取材にやってきた舟木は、初子の陶彫技術に惚れこみ、以来、新作が出来るたび新聞に大きく取りあげてくれるようになった。今度の御器所窯の初窯出しに

ついても、

「陶芸作品というのは、ただ質の良いものさえ作れば自然に売れて、ファンも増え、価値もあがるというほど、甘いものではありません。そんな甘い正直な世界なら、わたしもこんな儲けの薄い新聞を出して、一所懸命本物の後押しをする必要はないわけです。ここは一つ大いに宣伝して、客の心をくすぐり、目を引きつけ、楽しませて買わせるという方法を取るべきです」

と、そう言って競売をすすめたのだった。

その舟木が同道してきた美術商が進行役となって、競り売りがすすめられた。

陶彫も茶陶も面白いように値がついて売れていった。人の心理は、競いあうことで、しばしば我を忘れて熱くなるものらしい。初子の作品に緑陶房以来はじめての高値がついたときも、落札者はむしろ自慢気でさえあった。

小一時間ほどで競りが終わってみると、初子が最初から脇へ除いておいた一点以外すべて、売れていた。美術商がしめくくりの挨拶をし、買いあげられた作品は後日共箱にして届ける旨を伝えると、客のなかから手が挙がった。

「たしか窯出しのときには、諸葛孔明の像とやらがあったはずじゃが、それがいっこうに競りに出てこんのはどうしたわけじゃの。わしゃ何とかそれを手に入れたいと思うておるのじゃがなあ」

そう言ったのは、茶の師匠と一緒に瀬戸からやってきた陶芸家だった。さらにまた一人それならこっちにも所望者がおるという声があがった。

初子は傍らで紫の布をかぶっている孔明の像の布を払って、言った。

「ご指摘の像は、たしかにここにございます」

それは是非にという声が出て当然なくらい、優れた出来ばえをみせていた。歴史的人物像という魅力もあったが、それを別にしても、その五十センチ前後の立像から匂い立ってくるような、清々しさが印象深かった。とりわけ、眉宇のあたりに強い決意をみなぎらせながら、反面、その下の切れ長の目にそこはかとない哀愁を湛えた面貌は、人の心に沁みるものがあった。

「ですが、これはお売りするわけには参りません。皆さまのお目に供しながら、勝手を申してお許し下さい。これはわたくしに今日という日を与えて下さった大恩人に、せめてものお礼として捧げる作品でございます」

言いながら初子は孔明像を抱きあげた。中空作りながら五十センチにも達するそれは、結構持ち重りがする。しかしその重さは、受けた恩の重さでもあった。

「熊沢さまのおかげで、十数年の辛苦がとうとうここに実りました。御器所窯忍焼を代表して、感謝を捧げさせていただきます。お受取りいただければ嬉しゅうござます」

椅子席の端で客に埋もれている熊沢一衛の前へすすみ出て、初子が言うと、人垣が揺れ、声にならないざわめきが流れた。

「いや、それは……」

と断わりかける一衛に、初子は追いかぶせた。

「人は一生のあいだに一度は、自分の人生の転機となるような人物に出会うものだと言います。わたくしの場合は、その出会いが生涯の大恩と重なりました。どうかこの喜びを宙に迷わせないで下さい。わたくしを恩知らずにさせないで下さいまし」

人垣のなかから拍手が起こった。一衛は束の間瞼をとじ、やがて決心したように言った。

「わたしは緑陶房の最初の作品も、お礼だということで頂戴しているし、一点作品を買うごとにおまけをいただいている。この上、皆さんに人気の高い孔明像を贈られたのでは、いかがなものかと、ためらいが残りますが、折角のお気持なので、ここはありがたく頂戴致します」

一衛はそこまで言うと、初子から像を受取り、周りへ頭を下げた。そしてつづけた。

「ですが、これを我が家に死蔵したのでは、皆さまに申し訳ない。さいわい、と言いますか、わたしどもでは四日市の実家近くの料亭で、毎年九月に月見会を催しております。今年はその席に、この孔明像の他、緑陶房の作品も展示致しましょう。きょうご参集の皆さまには、日時の決まり次第案内状を差し上げますので、住所とお名前を帰りしなにでも、お知らせ願いとうございます」

一衛から初子に手紙が送られてきたのは、その五日後であった。月見会に手持ちの作品を披露すると約束したが、数が少なくて少々寂しい気がするので、八月末までに陶像、茶陶おりまぜて二十点ほど、新しく制作してもらいたい。その新作については、希望者に売却するかたちをとり、万一売れ残った場合は自分が買い取りたい、というのであった。

四　後藤白童の入門

昭和二年初夏、一通の封書が初子のもとに舞いこんだ。差出人は静岡県下河津村の後藤忠助とあった。のちの木彫家後藤白童である。白童はこのとき二十歳。耳が聞こえなかった。一般的な会社勤めは出来ないため、実兄や親戚の手伝い仕事をしているうちに、たまたま知り合いから、「寒山」という名の付いた、ユーモラスな顔をした土人形を見せられ、初子の名を教えられた。彫り物も焼きものも経験はないが、手仕事は嫌いでない。この世界でなんとか自立の道をひらきたい。どんな苦労にも堪える覚悟なので、どうか弟子にしていただきたい、と訴えていた。

初子は間を置かず断わりの返事をしたためた。

「静岡あたりまで、初さんの名が届いているかと思えば嬉しいじゃないか」

と青也がとりなしたが、新弟子をかかえる余裕がないことを理由に、初子は拒んだ。

事実、緑陶房から御器所窯へとすべり出しは順調だった稼業が、時の不況風にもまれてこのところすっかり落ち込んでいた。

不況のはじまりは、大正三年に勃発した第一次世界大戦で肥大した企業の不良債務が、戦後に表面化したことからだった。そのため株価が暴落し、銀行の休業や取り付け騒動を招いた。そこへ加えて十二年九月、関東地方を大地震が襲い、政府の打ち出した救済策が裏目に出て、再び金融界にパニックがひろがった。パニックは、政府と日銀の必死の対策でやがて鎮静したものの、以来景気は冷えこみ、茶陶のような遊びに類するものは一向に売れなくなった。

そして御器所窯もまた、出発当初にもまして資金繰りに苦しんでいた。げんに、緑陶房以来の絵付師が二年前に去って、新たに雇わねばならないところを、それもできないでいた。それに初子はすでに大竹という弟子をかかえている。これ以上の弟子志願は有難迷惑というものだった。

ところが初子が返事を投函してから十日後、白童が直接初子を訪ねてきた。応対したのは大竹だった。

初子は一人奥の部屋で仕事をしていた。たとえ作品の売れる当てがなくても、遊んでいるわけにはいかない。作ればその分借金がふえる、としても作らなければ僅かな希望の灯も消えてしまうのである。

そのため、せめてもの経費節減として、初子は自作の影像を無釉にし、焼締だけで土の味を活かす方法にきりかえていた。結果的にはこれがさいわいした。初子の得意とする繊細なへら遣いが、釉によって薄められることなく、そのまま活きたのである。とはいえ、それで作品の売れゆきがあがったわけではなかった。

そんな崖っぷちの状況のなかへ、断ったはずの弟子入り志願者が、のこのこと押しかけてきたのである。大竹が持ってきた封書の裏に後藤忠助の名を読むと、初子はカッとなった。中身を開きもせず、会う必要はない、追い返しなさいと命じた。

しかし、一旦玄関へ引返した大竹は、また直ぐもどってきた。どう追い払っても帰ってくれない。むこうの言うこともわからないし、こちらの言うことも伝わらないらしい、というのである。

「何と厚かましいわからず屋か!」

初子は顔色を変えて玄関へ走った。洗い晒しの和服を着た小柄な若者が、風呂敷包みを抱いて突っ立っていた。その田舎臭さがまた初子には気に入らなかった。

「強情な子だね。帰れといったら帰りなさい。うちは玩具の人形を作るところとはちがうんだ。それに、あんたのような耳のきこえない者を、遊ばせておく余裕はないいんだ」

頭ごなしに怒鳴りつけた。耳は不自由でも、眉を吊りあげた初子の形相をみれば、自分の立場の察しはつくはずだった。が白童は逃げなかった。不明瞭な言葉を発しながら、わっと玄関に座りこみ、土間に額をすりつけた。

それが逆に初子の怒りを煽った。人の気も知らないで、ふてぶてしいと映った。

「おどき！　そんなところに座りこまれたんじゃ、出入りの邪魔だ。じき、うちの人が大事な作品を運んでくるんだから。ほら、おどきといったらおどき。もう、ぶん殴られなきゃ、わからんのかい」

初子はなかば本気で拳を振りあげた。と、大竹がとびついてきた。

「まあ、まあ先生、どうか怺えて下さい。どうやら先生の弟子になりに来た者のようですが、いまさら帰るに帰れないわけがあるのかもしれません。わたしがこちらの事情をよく話して諦めさせますから、今夜一晩、わたしの部屋で泊めてやっていただけませんか」

大竹がなだめているところへ、青也がリヤカーを引いてもどってきた。近所で染物屋をいとなむ小幡家から、絵付のすんだ陶器を引取ってきたのである。小幡は家業柄日本画の心得があり、初子の窮状を知って、画家仲間と共に御器所窯の絵付を引受けてくれているのだった。

額の汗を拭きながら玄関へ入ってきた青也は、そこに土下座している若者と、上がり框で大竹になだめられている初子に、目をみはった。そして事情を知ると、ああ、あの手紙の人かと頷いて、大竹に味方した。

「いまからまた静岡まで帰らせては気の毒だ。せめて一晩泊めておやりよ。そのうえで納得させて帰らせるのが人情というものだよ」

青也の説得にしぶしぶ初子は折れた。

折れて結局負けたのは初子のほうだった。白童を一晩泊めると、ずるずると話が変わった。かつては自分たちも真葛香山にかくまわれたこと、五人口が六人口にふえても、いま以上暮らしが楽になることも、切羽詰まることもなかろうと、青也に説得され、初子は投げやりな気分も手伝って、白童の弟子入りを承知したのである。

白童の入門がきまると、初子は早速、轆轤職人の女房に、酒と赤飯の支度を言いつけた。初子が大竹にも、その前の弟子にもしてきた、入門披露のしきたりだった。が、女房は気がすすまないふうに問い返した。

「赤飯もお酒も結構ですが、材料は買ってきていただけますか」

米屋にも酒屋にも付けが溜まっていた。そこへ使いにやられることを女房は拒んでいるのだった。

初子はむっとしながら、

「いいさ、忠助の入門披露だから忠助に行かせるさ」

とうそぶいて、白童を呼んだ。

女房があわてて紙に用件を書いて白童に渡すと、道案内をすると言い、揃って出て行った。

小一時間ほどして二人はもどった。女房はにこにこ顔で一升徳利を抱き、そのうしろで白童が両手に米袋を下げていた。

「まあ先生、耳が聞こえないのも、ときには得になるものですねえ」

女房は白童を米屋へ案内して、自身は店から離れたところで、白童と米屋のやりとりを眺めていた。白童が女房の書いた注文書きを、身振りまじりで手渡すと、いつもなら付けが溜まっているのを理由に、首を縦にしないあるじが、諦めた様子で注文書きどおりに、糯米一升と普通の米二升を白童に渡した。酒屋でも同様のことが起こったという。

「へーえ、それじゃこれから買出しは忠助にまかせるといいね」

初子は笑って、米袋を開いた。が、一掴み米を掬いとると表情が変わった。渡されてきた米は色も悪く粉米の多い二等米なのだった。

「なんだい、これは。人を莫迦にして！　こんな粉米だらけの米が食べられるか。一等米に代えてきておくれ」

いましがたの笑顔をたちまち怒りに変えて言い捨てると、初子は音高く自室の障子を閉めた。

米の一升買いをするほど行き詰まっていながら、その後も初子は暮らしを引き締めようとはしなかった。作品が売れて少々まとまった金が入ると、一家を引き連れて料亭へあがり、飲めや歌えの大盤振舞をやってのける。業界の会合や贔屓客の招きには、髪結を呼び、はやりの着物を着て、颯爽と人力車を乗り付けるという放漫な暮らしぶりをつづけた。

たまりかねて青也が注意すると、

「わたしたちは、夜店の人形やめし茶碗を拵えてるわけじゃないでしょ。人の心と向き合って、揺り動かす作品を作るには、こちらにもそれだけのものが要りますよ。美術品は、言ってみれば贅沢品です。贅沢品を作るのに贅沢を知らなくて出来ますか。粗衣粗食に慣れていたら、作品まで痩せてしまいます」

と反論して、受けつける気配もみせなかった。

そうして昭和四年も終りに近づいたある朝、村内の燃料店へ薪の催促に出向いた初子は、間もなく顔をひきつらせて風のなかを帰ってきた。

「丸炭があんなわからず屋だとは知らなかったよ。薪を入れてさえくれたら、きっと付けを払うというのに、まったく聞き入れないんだから、あのオタンコナスは！」

窯の前で顔を揃えている男たちへ、初子は毒づいた。

丸炭は薪や炭などを扱う店で、御器所窯の燃料は殆んどここで仕入れていた。そしてそこにも付けが溜まっていた。正月を当てにした作品の窯詰めが終り、火を入れるばかりになっても注文の薪が届かなかった。隣家の電話では何度催促しても埒があかなかった。そのため初子が直接出向いて行ったのだが、丸炭のあるじは、何カ月も支払いがとどこおっているのを理由に、初子の懇請をはねつけたのだった。

男たちは無言で顔を見合わせた。二十点ほどの茶陶や陶像が窯のなかで待っていた。土も釉も仕入れがままならなくなっていて、残りの土を掻き集めるようにして、やっと制作に漕ぎつけた作品である。これが御器所窯最後の作品になるかもしれないという思いが、誰もの胸に潜んでいた。しかしそれも、火を入れられなければ、最後どころでさえないのである。

もはやこれまでか！　と捨て鉢めいた感情が初子を走る。

——そういうことなら、いまこの場で窯ごと打ち砕いてみせようか。

とさえ思う。その激情を煽るように、風がうなりをあげて雑木林を駆けぬける。窯のまわりで、葉を落とした樹林が枝を打ち合って鋭く鳴った。

初子は樹林を見上げた。頭のなかで何かが揺れた。

「わたしがもう一度頭を下げて、頼んでこようか」

と青也が呟くのと同時だった。初子は目の前の雑木林を指さして叫んだ。

「薪がある！　そうよ、あれにいい薪があるじゃないの」

青也が息をのみ、慌てて阻《はば》んだ。

「何を言うんだ。あの木を伐ったりしたら、熊沢さんに怒られてしまうよ」

「仕方がないでしょ、この際だもの」

と初子は言い返した。

「わたしが後で熊沢さんに謝りますよ」

「それなら事前に許可を取るべきです」

青也は必死の面持ちだった。

「それじゃ間に合いませんよ」

初子は仇敵を見るように青也へ眼を据えた。

「それとも、何しますか。工房の床板でも剥がして燃やしますか」

第八章　誇り高き原型師

一　守山へ移る

手持ちの作品といえば聞こえはいいが、売れ残った作品を熊沢一衛はじめ世話になった知人や、付けを溜めたままの商店へ、感謝と詫びをこめて届けてまわると、初子は最後に残った作品を給金として轆轤師に渡し、別れを告げた。御器所窯を閉じる日であった。

大竹もこれを機会に実家にもどると言った。当然白童も静岡へ帰るものときめこんで、初子は自分の手元に置いていた愛着の深い陶像を、それぞれに与えた。

これを手本にして精進します、と大竹は受け取ったが、白童は首を振りながら、先生の行先へお供させて下さいと訴えた。相変らず言語は不明瞭だが、それなりの通じるものが互いに生まれていた。

「それは無理だね」

と初子は言った。

「今度はわたしが他人様の厄介になるんだ。お前まで背負ってゆくわけにはいかないよ」

初子の行先は東春日井郡の守山町であった。そこには大竹と入れ代わりに巣立っていった、かつての弟子加藤勇がいた。

加藤は同じ守山の瀬栄陶磁器会社で、ノベリティの原型師主任として働きながら、自宅でも射的の景品にする色絵人形などを制作していた。その加藤の口利きで初子も輸出用ノベリティの原型師として、瀬栄陶磁器に採用されるはずであった。

正式に採用となれば社宅も貸与されるという話だったが、いまはまだ内定の段階であり、しばらくは青也ともども加藤家に厄介になる身である。弟子まで連れてゆけるわけはなかった。

しかし、ここでも白童は引き下がらなかった。初子に入門してかれこれ三年になるが、自分はまだ窯焚きと土練りしか教わっていない。実際にへらを執って作品を作ったこともないままで、郷里へもどったのでは、きょうまでの苦労が水の泡になってしまう。初子の行先で迷惑をかけないよう、下男仕事でも何でもするから、連れて行ってくれと白童は両手を合わせた。

初子は眉をしかめ舌打ちした。白童の強引さにも辟易したが、それ以上に窯焚きと土練りしか教わっていないという言い種《ぐさ》にむっとした。これだから気の利かないのは厭なんだと思った。

――ここは月謝を取ってものを教える、学校ではないんだ。技術を覚えたかったら、師や先輩のやり方を盗んで、自分で覚えるしかない世界なのだ。しかしそうと思っても、無下に放り出すわけにもゆかない。仕方なく連れてゆくことになった。

瀬栄陶磁器は名古屋市内に本社を置き、瀬戸、守山、三重県四日市、兵庫県神戸市などに工場や出張所を持ち、さらに中国漢口にも新会社を設立するなど、国内外に手広く陶磁器の製造販売を展開していた。

しかしこの頃の陶磁器業界は群雄割拠の不安定な時代で、そこから一歩ぬきん出て、欧米に劣らぬ競争力を身につけるために、業界は競って優れた技術者を捜しもとめていた。こうしたなかで初子の到来は、瀬栄陶磁器にとって渡りに舟の話だった。

春とは名ばかりの冷え込みの厳しい朝、初子と青也、それに白童を加えた三人は、瀬戸電に乗って守山へ向かった。

守山聯隊前駅で加藤勇に迎えられ、加藤家でしばしの休息をとってから、初子は勇と一緒に瀬栄陶磁器へ出向いた。

通されたのは、厚い絨毯を敷き詰めた重厚な雰囲気の漂う応接室であった。ガスストーブが焚かれ、革張りのソファー横の飾り棚には、瀬栄の製品らしい白磁の壺や大皿が並んで、ひっそりと清浄な空気を醸している。ソファーに座るとお茶が出た。勇の前宣伝が利いているらしく、一従業員の面接にしては丁寧な扱いだった。

「斎藤でございます」

応接室へあらわれた男はそう言って、名刺を差し出した。声音も面差しも温厚な印象である。が初子は名刺の肩書に支配人の文字を読むと、失望を隠さなかった。支配人という役職がどれほどのものかは知らないが、しょせんは社長の代理である。

——軽くみられた。

と思った。応接室へ通されたのも、単に相手の都合でそうなっただけのことかもしれなかった。

「あなたの経歴については、加藤君からおおよそのところ聞いております。しかしわたしどもとしては、経歴よりも実力を重視致しております」

斎藤はそう言うと、相手の反応を待つように言葉を切り、柔らかな笑みを浮かべた。

「当然でございましょう」

と初子は事務的な口調で応じた。銘入りのノベリティを作るわけではない。雇われて作ればすべてそれは会社の製品である。その契約の上では、経歴など無用の長物なのだ。

「おわかりいただければ、話もすんなりと参ります」

斎藤はそう言ってまた微笑を浮かべ、会社の方針や現況、あるいはノベリティに求められる

特色などについて、丁寧に話した。そうして、やがて口調を改めて、

「ところで給金は、いかほどお望みですかな」

と言った。望みのままに出そうというニュアンスではない。初子の出方を計りながら、その技量のほどを見透かそうとしているふうである。

初子はまっすぐ斎藤の目を見て言った。

「土とへらをお借りできますか」

斎藤はその意味をたちどころに理解したらしかった。立ちあがって、初子を案内すると言った。

案内されたのは別棟の工房だった。二十坪ほどの板張りの部屋の中央に大きなテーブルが置かれ、その周りで四人の絵付師が絵筆を走らせている。窓際にも小振りのテーブルが並んでいて、その一台を当てがわれた。

斎藤が席をはずしてしばらくすると、円形の制作台や粘土などをかかえた職人と一緒にもどってきた。

斎藤をはじめ、絵付師らの視線が背中に集まってくるのを感じながら、初子はへらを執った。何を彫るか、迷いはなかった。ためらいもなかった。へらさえ持てば十二の年から培ってきた技が自ら走り出した。

彫刻がはじまって小一時間もする頃、正午を知らせるサイレンが工場の敷地内に鳴り渡ったが、斎藤は初子の手元を凝視したまま動かなかった。

昼食時間も終る頃、初子はへらを置いた。高さ二十センチほどの聖観音が、裳裾を曳いて微笑みかけていた。軽やかな薄裳が、肩から胸へゆるやかに波打ち、腿《もも》にまつわりながら、その下にある姿態の美しさを浮かびあがらせている。何度も彫ったことのある像だった。だがなぜか彫るたびに、初子の年齢と反比例して、薄裳の下の姿態がなまめいてくるのが可笑しかった。

「上がりました」

そう言って初子はへらを置き、観音像を台ごと斎藤の目の下へ押し遣った。

「これで、わたしのお給金を決めていただきましょうか」

斎藤はしばらく食い入るように観音像を凝視したあと、大きく息を継いで言った。

「わかりました。これだけの技を見せていただきましたからには、つまらぬ金額は申しません。社長と相談のうえ、満足していただける額を決めましょう」

二　駆け引き

初子に貸与された社宅は、会社まで歩いても、ものの五分とはかからない近さにあった。黒板塀につづく格子戸造りの門をくぐると、数箇の飛石の先に玄関がある。その手前右手に設けられた枝折り戸が、こぢんまりとした表庭への入口になっていた。

家屋は三部屋に台所の平屋である。裏庭は家庭菜園もできそうなくらいの広さがあった。この裏庭の道一本向こう北西に、瀬栄陶磁器所有のグラウンドが広がっていた。杭と金網で囲われたグラウンドを横切れば、地つづきで工場敷地内に入ることができる。

初子は仕事に倦むと、散歩代わりによく裏庭へ出て、黒煙を吐く瀬栄陶磁器の煙突を仰いで思案にふけった。

――自分の窯が欲しい。

思いがゆくのはきまってそこだった。瀬栄の原型師に雇われて一年と少し。ようやくノベリティというものの性質もわかってきたばかりだが、初子はもうこの仕事に飽いていた。というより仕事の内容や給料に縛られるのがつまらない、というのが本音かもしれない。

自分の好みの作品を作り、自由に仕上げることのできる時間と窯が欲しかった。このままでは生活は保証されようが、月谷初子は原型師のままで朽ちてしまう。そんなところで妥協するために守山まで来たのではなかった。

——わたしも、もう六十二だ。

という思いには、残り時間が少ないという焦りと、まだ朽ちてしまう年齢ではないという自負が、絡みあっていた。

ノベリティに対する抵抗もあった。陶彫とノベリティ。この二者のあいだには、同じ彫り物、焼きものでありながら、埋め難いほどの深い溝があった。

初子の陶彫は人形ではあっても、限りなく等身大の人間に近づこうとしていた。どの人形にも、そのものの人生を示唆する個性があり、表情があった。仏でさえ、そうだった。

だがノベリティはおしなべて端正で華やかで、まさしく人形以外の何者でもなかった。舞踏会の男女も、ピエロも、兵士も、馬に乗る娘も、平均的顔立ちをして表情にとぼしく、何を考えているのか掴みどころがない。着ているものさえ取り替えれば、ピエロもたちまち兵士になり、馬に乗った娘も舞踏会の貴婦人に、容易になり変わってしまうのである。

初子にはそれが面白くない。ものの形と一緒にそのものの内面まで彫り出す喜びが、ともなわないのだった。

しかし会社では初子の作品は、質が高いとして好評を得ていた。そして会社が満足すればしただけ、初子の不満が高まるというわけであった。

――思いきって社長さんに会って、頼んでみよう。

と思い立ったのは、晩春の夕暮れのことであった。西空を染めた夕焼けを眺めながら、そう思った。

瀬栄陶磁器に雇われて一年余になるが、社長の水野という人物に、初子はまだ一度も会っていなかった。聞こえてくるのは、陶磁器組合のボス的存在であるということや、太っ腹で面倒見はいいが、敵に廻すと恐ろしい、といった噂ばかりだった。

本当のところはいったいどんな人物なのか、会って確かめてみたい気持は、かねてから初子のなかにあった。新参の原型師に無条件で、本来なら会社の幹部にしか与えられない戸建ての社宅を貸与し、高給を支払いながら、その姿を噂のベールに包んだまま、遠い高みで下界に無関心をきめこんでいる男を、なろうものならこの手で彫ってみたい、というまるで恋心のような思いもあった。

それから半月後、初子は瀬栄陶磁器の応接室で、社長の水野保一に持参の作品を見せていた。

国内外に事業を展開する会社の社長として、多忙をきわめる水野が、一従業員の面接要請に応じることは、本来なら有り得なかった。にもかかわらず、面会を申し込んで半月でそれが実現したのには、支配人斎藤の力が大きく与《あずか》っているらしかった。

「いかがでしょう」

と初子は身を乗り出すようにして言った。

「もちろん窯を築いたからといって、自分の作品ばかり作るつもりはございません。こちらの仕事もこれまでどおりさせていただきます」

言いながら初子は、表情の動かない水野の顔から、心の動きを読みとろうと焦っていた。

水野は四十代なかばであろうか。和服の下の分厚い肩や大きめの浅黒い顔に、凡庸でない男の自信と貫禄が滲み出ていた。そしてそれ以上に女を引きつけずにはおかない、精悍な男のにおいがあった。美男というのなら青也のほうが一段上であろう。だが青也にはこの溢れるばかりの男のにおいはなかった。

初子は水野の五体が放散するものに圧倒され、殆んど息苦しささえ覚えていた。

水野は手にしていた初子の作品を、ゆっくりテーブルへもどした。それから着物の袂をさぐって紙巻たばこのホープを取り出し、一本を口にくわえると、テーブルの上のマッチを音高く擦った。

ボッ、と火が付き、その音に初子はわけもなくどきりとした。

「それで、つまりこのわたしに、何をしてくれとおっしゃるのですかな」

ゆっくりと、たばこの煙を吐きながら水野は言った。初子の作品への感想はなかった。作品は見た。見てくれというから一応見た、ということらしい。

初子は顔が熱くなった。水野との面会のために心をこめて彫り、斎藤に願って特別に窯入れに加えてもらった作品である。自信があった。従来のノベリティを超えるノベリティができた、と思っていた。

衣裳というより、ベールのような淡い布片で、わずかに乳房と下半身を覆った金髪碧眼の踊り子が、踊りながら床に膝をつき、上体を後ろへ反らし、腕を高くくねらせて、観客の欲情をそそるポーズをとっている。

布片からこぼれる臀部や太股の、むっちりとして均整のとれた量感。白い蛇のように宙に舞う腕のしなやかな曲線。女体の蠱惑《こわく》的な魅力を、類廃の一歩手前まで追求して表現したそれは、初子自身出来ばえに目をみはったほど、艶冶《えんや》な風情を湛えていた。そしてそれはまた、ごてごてと飾り立てた衣裳の下に、生身を隠してしまったノベリティへの、初子の反論でもあった。

だがそれが水野に伝わった様子はなかった。あるいは伝わるには伝わっても、辣腕《らつわん》な実業家にとって、一原型師の主張など埒もない独り善がりなのかもしれない。

――そういうことなら、いっそ話がし易い。

と初子は負け惜しみのようにそう思った。どのみちまとまらない話なら、言いたいことを言うまでだと思うと、肩の力が抜けた。

「つまり、会社のグラウンドの片隅を無償で貸していただきたいのです。そこに陶彫を焼く窯と簡単な作業場を造作しとうございます」

それだけ一気に言うと、初子は一息入れて水野の目に視線を当てた。

「それからお金を少々お借りしたいのです。窯を築くにはそれなりのお金が要ります」

不意に水野の手が初子の言葉をさえぎった。

「その窯で自分の銘を入れた作品を焼く。うちの会社の原型仕事もやる。つまり、瀬栄の土俵の上で、二足の草鞋で相撲をとろうという寸法ですな」

初子はごくりと声を呑んだ。遠く中国から中南米にまで、製品の輸出を手がけている水野にとって、窯を築く費用を貸すくらい何ほどのことでもあるまいと、軽く考えていたが、水野にそんな言い方をされてみると、いかにも虫のいい一方的な要求をしたような気がした。

しかし水野は機嫌を損ねたふうではなかった。むしろ笑いを怺える表情になり、

「グラウンドは社員が運動会なんぞをやるためのものだが、まあ窯の一つくらいは拵えても大丈夫だろう。好きにしなされ。但し貸したものはきっちり返済してもらいますよ」

と言った。そしてさらに、初子の作品が売れるように知人らを紹介しようとも言った。

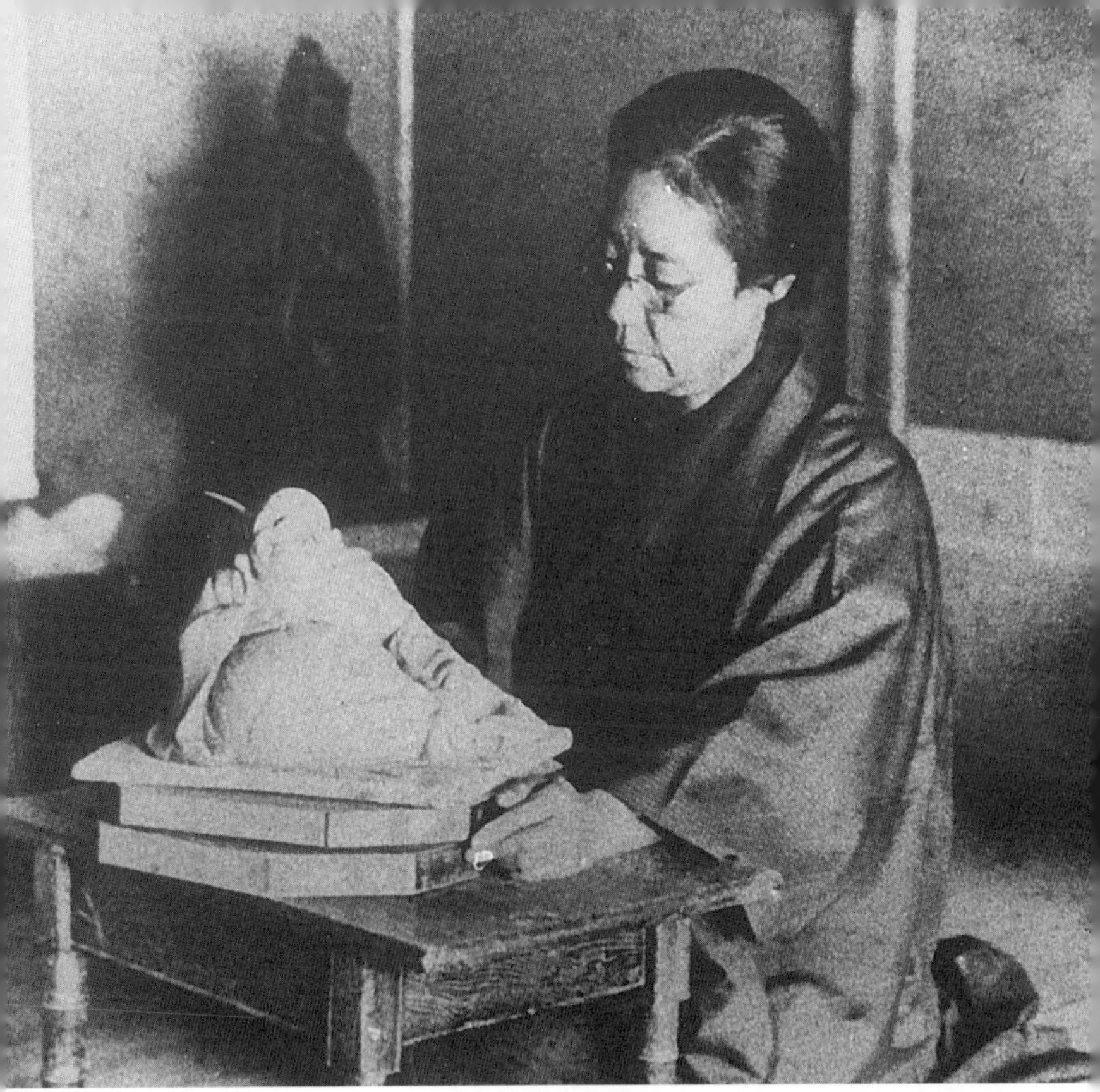

「布袋」を制作中の月谷初子（守山時代）と「花三嶋平鉢」径20cm

「あなたに貸した金が、利子をつけて返ってくるようにしないとね」

と、これはあくまでビジネスだという口吻りだったが、それだけではないニュアンスが言葉の端ににおった。

そしてさらに水野は、帰りかける初子を引きとめて、初子が持参した「踊り子」を指さした。

「あなた、これの原型はどうなさった」

「原型はございません。原型をとらないで、そのまま色を付けて焼きましたので」

初子は言いながら、何か手落ちがあったのかと緊張した。だが水野の目は柔かかった。

「しかし本人の手に成ったものだ。改めて同じ作品が作れないわけはなかろう」

「もちろんです」

水野の意を察して、初子は気負ってこたえた。

「そっくり同じものを作ってご覧に入れます」

「結構。それでは早速作っていただこう」

「承知しました。でも、一つお訊ねしてもよろしいですか」

「ああ、何なりと」

「この踊り子のノベリティを、どうご覧になられましたか。よろしければ感想をお聞かせ下さい」

水野はにこっと目尻を下げた。不敵な印象が崩れ、人懐っこそうな童顔があらわれた。

「そうだな、まあこれを見本に出したなら、注文が殺到するだろうね。いずれにしても瀬栄の歴史的傑作になるでしょうな」

初子は深く頭を下げて、応接室を出た。水野自身の直截な感想は聞けなかったが、聞いたも同然だった。

三　忍ぶ恋

「姉《ねえ》や、夕方から出掛けるから、銭湯に予約を取ってきておくれ、そのついでに髪結いさんに寄って、風呂帰りに行くと言付《ことづ》けてきておくれ」

初子は前掛けをはずしながら、まだ年端のゆかない女中を呼ぶと、たてつづけに用を言いつけた。頬が紅潮し額に汗が滲んでいるのは、梅雨期の蒸し暑さのせいばかりではなかった。もしかしたらきょうの陶磁器組合の総会の席で、水野に会えるかもしれないという期待に、上気しているのだった。

水野とはじめて会ったときから三年たっていたが、その日以来、水野と顔を合わせたのはわずか二回しかなかった。一度は、名古屋市内で自動車学校を経営しているという、水野の弟の家に招かれて、満鉄の大株主や警察署長などに引き合わされたとき。あとの一回は、きょうと同様、東海三県の陶磁器業界の経営者や、個人で窯を持って活躍している陶芸家たちの組合の総会であった。

水野に会えたなら報告したいことが山ほどあった。水野のおかげで窯を持ち、忍窯《しのぶ》と命名したこと。引き合わせてもらった水野の弟の斡旋で、満鉄の大株主や警察署長をはじめ、何人もの好事家に次々と作品を買いあげてもらい、いまはいまで、ある宗教家の銅像を手がけていて、忙しく過していること。御器所村から従いてきた弟子が辞めてゆき、現在は安藤菊男という新弟子と、ほかに職人が一人近所から通ってきていること。知人に狆を二匹もらったこと。年若い女中が気が利かなくて焦れったいので、もう一人小学校を出たばかりの近所の少女を、水汲みに雇ったことなど、私的な他愛のないことまで、是非聞かせたい大事なことのように思って、胸を弾ませるのだった。

水野の前では、忍窯の窯元あるいは陶彫家月谷初子として以上に、一人の女として立ちたかった。それが恋と称ばれる感情であることはわかっていた。

しかし、すでに六十五歳である。恋をするのはいいとしても、色恋に溺れる年齢ではない、と初子は自制していた。青也は十歳年下だが、それよりさらに十歳も若い男に血道を上げて、叶わぬ思いに狂いたくはない。ただ、老いてなお色香を残した気になる女。手折《たお》ろうとは思わないが、静かに見守ってやりたい女。そんな存在でいたいと思う。

それは嘘だ。自己瞞着だ。という声がないではなかったが、叶わぬ恋に惑乱する惨めさよりは、自分をきれいごとで騙す辛さのほうが、初子には救いだった。

「お風呂の予約をとって参りました」

と女中が伝えると、初子は洗い桶を抱いていそいそと銭湯へ向かった。

銭湯が開くのは午後三時であるが、三十分前には湯が沸いている。そこを狙っての予約だった。三時になると暖簾が出る。それを十分遅らせてもらって、三十分間一番風呂を独占するのだから、正規の入浴代の倍の料金を払った。

その日も初子は二人分の入浴代を払って湯に漬かったあと、常にも増して入念に躰を洗った。洗いながらふと気がついてみると、番台から風呂屋の老女将が、こちらにじっと目を据えていた。

——あの婆さん、また何か文句を言うつもりなのだろうか。

初子は爪にこびりついた粘土をこじり出しながら、片頬を歪めた。

二人分の入浴代を払っても、風呂屋は必ずしも初子を歓迎していなかった。暖簾を出したとたんに飛びこんでくるような入浴客は、めったにいない。客が入りはじめるのは、暖簾が出て十分か二十分後くらいからである。従って、一人で二人分の入浴代を払ってくれる客は、ありがたいはずなのだが、老女将はいい顔をしなかった。一度などは、

「あんたさん、見てたらまあ、えらいだだくさに湯を使ってりゃアしたが、湯水は只だとでも思っとるのとちがうかね。あんたさんのように湯水を使ってくれたんじゃ、風呂屋は上がったりだがね」

と面と向かって小言を浴びせられたことがある。どうやら初子の遠慮のない湯の使い方が問題らしい。

そうとわかってからは気を遣ってはいるのだが、湯水を惜しみ惜しみの入浴では気持が安まらない。

——いっそ裏庭に、小さいのでいいから、湯殿を拵えてみようかしら。

それにも水野の許可がいるのだとすれば、また水野に会う機会が増える。もしかしたら風呂のない住居の不便を哀れんで、すぐにも大工を呼んでくれるかもしれない。そんな虫のいいことを考えて、甘い気分にひたるのだった。

銭湯を出ると馴染みの髪結いへ行き、お年の割りには腰の強いたっぷりとした髪でいらっしゃる、といつもながらのお世辞をうけ、チップをはずんで、いい気分で初子は自宅にもどった。湯の火照りもおさまった肌に薄化粧をほどこし、着物は明るい灰色地に銀糸金糸を散らした

お召を選んだ。その上に一つ紋の黒の羽織をはおる。

水野の目に対していい女でありたいと願いはしても、物欲しげに飾り立てたりはしない。年相応に控えた色を、明るく品よくまとって清々しい老いを演出するのである。

「どう、野暮ったくないこと?」

と、姿見の前で衿元を女中に何度も確かめさせて、ようやく初子は瀬戸電の駅へ向かった。

総会は盛会だった。瀬戸という交通の便のわるい処にもかかわらず、欠席者がきわめて少なかったのは、時代の要請が大きくかかわっているらしかった。

初子が瀬栄陶磁器に就職した当初とちがって、この時期の陶磁器業界は、同業相食む戦国期から、法人個人ともに手を携えて、共存共栄をはかる方向へ移行しはじめていたのである。

賑やかに会がはじまり、組合の長老が開会を宣言する。その直後に水野が姿をあらわした。和服に袴をつけた水野が大股に広間をまわって、指定の席へ着くのを、初子は胸のときめく心地で見遣った。落着きはらった物腰が、大柄というほどではない水野の体躯を、ひとまわり大きく感じさせていた。

二時間近い議事が終り、席を変えての懇親会に移ると、初子はいち早く水野の前へ挨拶に出た。そうしないと水野の前は、徳利や名刺を持った者たちでたちまち塞がってしまうのだ。

「やあ月谷さんお久しぶりです。あなたのおかげでわが社のノベリティ部は、格が上がりましたよ」

と水野は如才なく挨拶を返した。初子は先日注文のあったサーカスの玉乗り人形に、少々自分なりの創意を加えてみたいと言い、その説明をはじめた。仕事の話から入れば、長く水野を独占できると計算したのだ。

だが水野はそれを許さなかった。

「その話は日を改めてうかがいましょう。どうぞ今後ともよろしく願いますよ」

と、説明のなかばで水野は掌を立ててさえぎった。懇親会の席で野暮な長話はよしましょうや、と目が言っていた。

初子はやむなく自席にもどった。すると、初子と入れ代りに水野の前に三十前とみえる女が座った。紫地の絵羽織をはおり、ゆたかな黒髪を無造作に後頭部に巻きあげて、衿元に、ほつれ髪と一緒に白いうなじを覗かせた後姿が、水商売の女かと見紛うほど小粋だった。初子は女の正体を隣席の男に訊ねた。

「ああ、あの美人ね」

と男はしばし興味あり気に水野と女を見遣って、初子も名を聞いたことのある美濃の陶芸家の名を挙げた。

「おそらくその父親の代理で、出てきたんじゃろう」

「独り身なんですか、あの方は」

初子は女の後姿に目を貼りつかせたまま訊ねた。

「いんやァ。ああ見えても彼女はもう三十過ぎてござってな。二人の子持ちの母親だわ」

と男は笑った。そのとき初子の耳まではっきり届く声をあげて、ころころと女が笑った。

水野も笑っていた。女に酌をされながら、自分の女をみるように目尻を下げている。初子は、おや、そうですかといった気持だった。水野ほどの男でも、若く色香の匂う女には目尻が下がるのかと思い、衆人環視のなかでみっともない、と腹を立てた。

折角水野に会えたというのに、その女の出現で気鬱な会になった。酒までまずくなった。酔いがまわらぬうちに初子は会場を後にした。

守山の自宅へもどると、すでに職人も弟子も自宅へ引揚げていて、青也が狆を両脇にはべらせて、刻みたばこを吹かしながらラジオを聴いていた。

「おやお帰り。早いんだね」

青也はそう言うなり視線をそらせた。初子の険しい顔色を読んで、素早く身を躱《かわ》したらしい。

初子は羽織を脱ぎ捨てると、女中を呼んで酒の支度を言いつけた。

「帰りの電車のなかで考えたのだけどね、青さん……」

青也の夕食の残りを肴に、手酌で酒をのみながら初子は言った。

「もう瀬栄の仕事はやめようかと思うのですよ」

青也は無言で目をみはった。

「だってさ、仕事の種類が多様すぎて、研究に時間を取られて、自分の仕事に思うように没頭できないんだもの。これじゃ何のために窯を築いたのかわかりゃしない」

「……」

「それに、わたしはノベリティというのが、どうも好きになれなくてさ」

「……」

「わたしの我侭じゃないんですよ。注文は種々多様なのに、貴婦人の顔も騎士の顔も表情が殆んど同じなんだもの。それに暗い顔は駄目、皮肉っぽいのも駄目とくるのだから厭になっちまう。もう作りたくない。自分の仕事に専心する。いいでしょ、青さん」

黙りこくっていた青也は、ようやく口を開いた。

「水野さんと、何か衝突でもしたのかい」

初子の心の奥を見通したような口吻りだった。初子はどきりとして、思わず顔を赤らめた。自分の息子ほどにも年の懸け離れた男にうつつを抜かし、焼き餅を焼き、一人相撲の駄々をこねている老女のみすぼらしさが、このときはじめて初子の胸をえぐった。

——わたしはいったい、何をしているのか。

と思った。青也がいなければ自分で自分の胸を叩いて泣きたいところだった。

「何のことですか。水野さんとは関係ありませんよ」

と気まずさを隠してなんとかごまかすと、初子はぐいと猪口を青也へ突きつけた。

「あなたも飲んで下さいな。独りで飲んだってちっともおいしくない」

青也に猪口を持たせ、徳利を傾けると、危うく泪があふれかけた。


初子の水野への思いは結局とどかなかったが、その一方で、女流陶彫家月谷初子の名を慕ってやってくる、弟子入り志願者から冷やかし客までさまざまな人の出入りで、初子の身辺は御器所時代にもまして賑わっていた。特筆すべきは、そうした客のなかに、新派の俳優川上音二郎と結婚した川上貞奴とか、加藤唐九郎がいたことである。

音二郎の前身は自由党の壮士で、自らの政治運動の一環として寄席に出演し、浮世亭と名乗ってうたった「オッペケペ節」が大衆の共感をよび、一世を風靡した。葭町《よしちょう》の芸妓貞奴とは、こうした運動のなかで知りあい、二人ともにたちまち恋におち、結婚へと進んだ。その後音二郎は新派の劇場川上座を旗揚げするのだが、これには貞奴の後押しが大いにあずかったと言われる。

川上貞奴

けれど折角の旗揚げも、借金をつくるもとになっただけで、やがて二人は一座もろとも日本を脱出し、欧米巡業の旅に出る。貞奴が女優としてお目見得するのは、この最初の巡業先サンフランシスコの舞台である。芸妓時代につちかった芸と度胸。かてて加えて美貌とくる貞奴は、舞台に立つたび神秘の国日本の女優として評判をまきおこした。この貞奴が一座とともにフランスへ乗りこみ、パリ万博に出演したときの、記念デッサンが今に残っている。デッサンの主は誰あろう、ピカソである。ピカソの軌跡を伝える貴重な一枚であるが、私がこの、言ってみれば行きずりに出会った東洋の美女、女優貞奴の舞台にわざわざ筆を走らせたのは、そうさせずにはおかない迫力が、貞奴にも芝居にもあったにちがいない。

もっとも、初子の前にあらわれたときの貞奴は、すでに夫の音二郎を失くしていて、パトロンと言うか、愛人と言うべきか、福沢諭吉の養子となって、岐阜県に大井ダムを建設し、名古屋に電灯をともしてくれた福沢桃介と名古屋に居を構えていた。初子と貞奴がどんなきっかけで出会ったのかわからないが、二人がともに土を練り茶陶を焼いたのはたしかなようだ。名はわからないが、二人の銘の入った茶器が、さる好事家のもとに愛蔵されていると聞く。

貞奴は初子より二歳下で、芸妓から日本最初の女優となった女大夫である。年齢も近く、男まさりのくせに恋に弱く、自分の道をひたむきに進む初子とは、話も合い、気心も合ったことだろう。

陶芸家の加藤唐九郎の場合は、同じ守山に住み、同じ道にある者として、互いに名は知っていたはずである。

ある日唐九郎がふらりと初子の社宅を訪れた。噂に聞く風変わりな女流陶彫家とやらを、たしかめてみたいという好奇心と、評判の高い初子の作品も見てみたい、という気持だった。そのとき初子は仕事部屋で次作の想を練りながら、立て膝をして酒を飲んでいた。じんわりと五体にひろがった酔いを楽しんで、ご機嫌だった。そこへ弟子が少し興奮気味に、加藤唐九郎の来訪を告げた。その弟子をじろりと一瞥して、初子は言った。

「仕事中だ、帰っておもらい」

しかしその言葉が終わらぬうちに、唐九郎の顔が敷居際にあらわれた。気伜で気むつかしい初子が、招かざる客にどんな応対をするか、似た者同士で唐九郎は先刻承知だったのである。

案内も待たずにぬっとあらわれた唐九郎に、初子は眉を吊りあげた。しかも初対面の相手をおとなうというのに、不精ひげのまま、ズボンもシャツもよれよれで、粘土まで点々とこびりついている。失礼なやつ！　と思った。が、次の瞬間、怒りが消えた。唐九郎が初子の膝元の一升壜のラベルを読んで、

「こりゃいい酒だ」

と言ったのである。

「さすが、いい酒を飲んでおいでる」

ふふっ、と初子は声をもらした。苦笑なのか嘆息なのか、自分でもわからなかった。

「あんた、いける口のようだね」

「まあ、酒は嫌いじゃない」

「飲むかい」

「ご馳走になりましょう」

そんなところから頑固者同士、奇人同士で酒も話もはずんだにちがいない。もっとも、のちに唐九郎は初子の印象を、

「昼間っから立て膝をして茶碗酒を呷っているような、迫力満点の女傑」

と、少々閉口ぎみに人に語った。

四　気侭の果て

昭和十一年夏。伊藤滋一と名乗る青年が、初子へ弟子入りをもとめて瀬戸からやってきた。

すでに茶陶の経験を持ち、その上にさらに技術や視野をひろげたいというのが、志願の口上だ

った。

初子は肩をすくめ、煩わしそうにこたえた。

「生憎だったね。四・五年前ならともかく、いまでは内弟子をかかえられるような余裕は、まるきりないんだよ。どうでも弟子になりたいというのなら、女中をやめさせるから、あんたが炊事洗濯家事全般をやるんだね」

すげない口調に、とにかく追い払おうという魂胆が透けていた。しかし滋一は何でもしますと目を輝かせた。

困ったのは初子だった。初子の言葉を正直に受けとって、女中でも下男でも勤めようという若者に、いまさらあれは逃口上だったとは言えない。仕方なく女中を呼んでわけを話した。

「堪忍しておくれ。あんたもうちのようなむつかしい家で六年も勤められたのだから、立派な一人前だ。どこでも喜んで雇ってくれるさ。今月の給金の他に一カ月分餞別を出すから、怒らないでおくれ」

そう言うと、部屋の飾り棚から布袋の人形を取って風呂敷に包み、滋一へ手渡した。

「あんた来たばかりでご苦労だが、これを山庄へ持って行っておくれ。月谷だといえばわかるから」

滋一は目を白黒させた。

「あの、持ってゆくだけでいいのですか。山庄とはどういうお店ですか」

「何を驚いてるのさ。質屋だよ。ここへ来る途中に看板を見なかったのかい。そんな観察力のないことでは、将来の見込み薄だね」

初子はそんな悪態をつき、滋一のさらに驚いた顔が可笑しいと笑った。

初子が原型師の仕事を勝手にやめて、すでに二年近かった。そもそもは瀬戸でひらかれた陶磁器組合の総会の席で、水野から心外な扱いをうけた口惜しさと、半分は駄々をこねて水野の気を引こうという、年甲斐もない動機からはじまった横着だったが、自分の本領に集中してみると、これが予想以上に嬉しかった。気持が現金に弾むのであった。

しかも、初子が本道にもどるのを待っていたように、大きな仕事が舞いこんだ。名古屋市立工芸学校の竹内校長や、愛知県会議員から衆議院議員など種々の公職歴を持つ堀尾茂助の陶像の、制作依頼である。皮肉なことにその仕事をもたらしたのは、水野が忍窯のために引き合わせてくれた資産家たちの斡旋だった。

初子が会社の仕事を狡《ずる》けていることは、すぐ斎藤支配人の耳に届いたはずだが、なぜか催促も苦情もこなかった。あるいは、斎藤から水野へ報告が届いた時点で、しばらく様子をみてみようと、処分保留になったのかもしれない。水野にしてみれば、並みの原型師ではない月谷初子を雇ったからには、このていどの気まぐれは端《はな》から計算ずみであった、ということも考えられる。

それでも三カ月をすぎるとさすがに痺れが切れたとみえ、初子は会社の事務所へ呼び出された。初子は持久戦に勝ったような気分で、いそいそと出向いた。迎えたのは斎藤だった。

「あなたに注文した原型がいっこうに出来あがってこない。それもすでに三点もとどこおっているると主任が嘆いております。何か仕事のできないような理由がおありですか」

と斎藤はやんわりと問い詰めた。

「そうなんですよ」

と初子は哀れっぽい声を出した。

「半年ほど前からおかしかったんですけどね、手指が痛くて……。ここ一・二カ月特に痛みがひどいんですよ。医者に診てもらいましたらリューマチだとか。もちろん薬を飲んでますが、思うように指が動かないんです。かといって不出来な原型をお渡しするわけにもゆかず、気にしながらついつい……」

リューマチは嘘ではなかった。実際には半年以上前から手指の関節が痛み、ひどいときには夜眠れないことさえあった。右手親指の付け根が腫れあがり変形してきたのは、二カ月ほど前からで、その痛みで細かい線彫りに苦しみ、一点を仕上げるのにやたら時間を食うようになっていた。げんに竹内校長や堀尾茂助の陶像も一人では制作できず、弟子の安藤菊男に胸部をまかせ、首から上の重要な部分にだけ初子が手を入れて、完成したのだった。

しかしリューマチ云々を除けば、あとはぬけぬけとした嘘である。会社の土を使い、会社の金をもらって生活しながら、会社の仕事にはそっぽを向いているのである。その辺の様子を、仮にも守山工場を束ねる支配人が知らぬはずはなかった。もう少しましな言い訳をしたがよかろう、というふうに斎藤は口元を歪め、厳しい口調になった。

「あなたが自分の土や窯で自分の作品を作るのは勝手です。しかし給金を食んでいる以上、会社の仕事もするべきでしょう。それができないとなれば、会社としては給金を打ち切らねばなりません。先の仕事は別の原型師に廻しましたから結構です。そこで次の仕事です。これを早急に仕上げていただきましょう」

斎藤は言いながら見本帖を開いた。闘牛の写真が何枚も貼りつけてある。華やかな衣裳をまとい、赤い布と剣を持って立つ闘牛士と、背中に何本も銛を打ちこまれて、怒りに燃える牡牛の写真だった。

「話には聞いておりますが、なるほどこれが闘牛でございますか」

初子は暢気に写真帖をめくって言った。

「それで、この闘牛士と牛を対にして作るのでございますか。よござんす。早急に仕上げて持参致しましょ」

だが、そう請合いはしたものの初子にその気はなかった。

一カ月たっても闘牛士の原型は影さえなかった。途中で一度、原型主任から催促があったが、以後は誰からも催促はなかった。ただその翌月から給金が止まった。初子はそれをむしろ幸いと思った。

――これでおおっぴらに、自分の仕事に専念できる。

給金は止まっても、水野の縁故で支持者となってくれた好事家の誰かが、月に一・二点作品を買上げてくれるだけで、会社からもらっていた給金をしのぐ収入になった。

「それにしても、いいのかね、このまま社宅に住んでいても。出て行けと言われて当然のことをしているのだからね」

と青也は不安気だったが、会社が優れた原型師を必要とするかぎり、それはないだろうと初子はたかをくくっていた。

その見込みどおりだったのか、それとも水野の度量の大きさであったのか、初子は追い出しをうけることもなく、社宅に居据わって仕事をつづけた。

ただ、会社の仕事を勝手に放棄して以降は、自身の陶彫であれ青也の茶陶であれ、いっさいの作品を無銘にした。それが水野へのせめてもの詫びであった。

しかし有卦《うけ》の時期は長くなかった。給金を止められて一年もする頃から、作品の売れゆきが激減した。水野の口利きで支援者となってくれた金満家たちが、高齢のため相ついで他界してしまったのだ。なかでも、初子の望むままに気前よく作品を購入してくれた、満鉄の大株主の死去は痛手となった。

そうしてまたしても、資金繰りに行き詰まる日がやってきた。

――六十七にもなって、またかい……。

と初子は肩を落とした。人生の晩年に入ってからこの躓きは、さすがにこたえた。

「どうにも食べてゆけなくなったら、また水野さんに縋って、原型師の仕事をもらえばいいさ」

と青也は慰めたが、それができるくらいなら、最初から原型師をやめたりしないさ、と初子は胸の内で自嘲した。

忍窯を存続させるために初子が打った手は、第一に職人をやめさせて、彼がしていた仕事をすべて弟子の安藤と青也が分担することだった。その一方で初子は資金調達に走りまわった。対象となったのは贔屓の髪結いや葉茶屋。あるいは近所の病院の、伝染病隔離病棟の管理に通っている林みつ。さらには安藤の母親にまで及んだ。

「美術品というのは絵でも彫刻でも、作者の存命中は値が付いていても、死んだら二束三文ということがよくあるんですよ。それはもともと作品の良さで値が付いていたのではなく、美術界の大御所の鼻毛の塵を払って売り出したような、虚名家だったからなんですよ」

そんな裏話まで持ち出して出資を募る初子に、聞きては目をぱちくりさせた。

「でも、わたしの作品はね、自慢じゃないけれど死後に値が出ますよ。そりゃ、わたしは有名じゃない。東京へもどれば昔を知っていてくれる人が、少しはいるけれど、こちらでは無名です。いまだにわたしを瀬栄の原型師としてみている人もいますからね」

「……」

「でもね、わたしは作品で勝負しています。あなたに出資をお願いするのに、気後れや疚《やま》しさはありません。孫子に誇れる物を遺しておやりになるつもりで、出資して下さい。窯出しの日にはお知らせしますから、出来あがった作品は、皆さんで話し合って自由にお持ち帰り下さい。」

自信にあふれた初子の口説に、女たちは魅入られたように、虎の子のへそくりを提供する羽目になった。

伊藤滋一が入門してきたのは、そうしたさなかであった。

女中役をやるならという言質を与えてしまったために、しぶしぶ入門させた滋一であったが、手元に置いてみると率直な明るい性格や勘のよさが気に入って、初子は滋一滋一と可愛がった。

素質があると思うと、教える側にも熱が入る。女中仕事の合間をはかっては仕事部屋へ招んで、へらを持たせ、テーマを与えた。

それは女体をテーマにしたときだった。通いの弟子安藤と内弟子の滋一とに、同じテーマを与えたのだが、一カ月たっても二人とも作品が完成しない。どうしたのかと、二人を呼んで問いただすと、二人は顔を見合わせて女の裸を見たことがないと言った。

「銭湯でわざと入口を間違えて、ほんの一瞬覗き見してみたのですが、よく見えなくて」

と言ったのは滋一だった。

「しょうがないねえ」

初子は苦笑しながら、首をかしげた。

「モデルを雇ってやりたいけれど、生憎その金がない、ときてはね」

そうして束の間思案していたが、やがて不意に立ちあがって帯を解きはじめた。

「こうなったら仕方がない。わたしがモデルをつとめるから、二人で写生をおし。こんな婆さんの躰でも見ないよりはましだろうよ」

東京から前後して二人の男が初子を尋ねてきたのは、その年の秋であった。一人は中堅の、いま一人は新進の彫刻家として属目されている人物だった。

しかし二人とも最初から初子を尋ねてきたのではなかった。彫刻家として名を成していても、この世界では彫刻だけで食べてゆくのはむつかしい。よほどの支援者を持った者は別として、大方の者が余技で副収入を図っていた。二人の彫刻家もそれぞれ別のところでノベリティの制作を勧められ、瀬戸へ見学にやってきた。そこで、明治の一時期、西洋美術の暁天を彗星のように横切っていった、月谷初子の名を聞いたのだった。

「明治の美術史に名を記しているあなたが、こんな田舎に埋もれていてはいけません。是非東京へもどって活躍して下さい」

と、二人は申し合わせたように、初子を口説いた。だが初子は笑って首を振った。

「わたしはいまさら名利に興味はござんせんのさ。それにあなた。田舎といって莫迦にしちゃいけませんや。ここじゃ道向こうのお茶屋のおかみさんも、その隣の髪結いさんも、近所の病院に勤めてる独身のおばちゃんも、皆わたしのパトロンですよ。社会的な地位や名はなくても、わたしの仕事を理解して下さってる。こういう人たちに囲まれて、わたしは充分仕合わせですのさ」

言いながら初子は、十日ほど前の窯出しの朝を思い出し、皮肉な笑いを覚えた。その朝、初子がパトロンと呼ぶ十数人の男女が集まってきて、窯から運び出されたばかりの茶陶や陶彫を、獲物に群がる狼のように骨も残さず持ち去っていったのだった。

共箱を作り、箱書きをする暇もなかった。

──まあ、おかげで手間が省けたわさ。

と初子は空っぽになった窯の前で嘯いたものだった。

二人の彫刻家が初子の返答に肩を落して、それぞれ帰京してゆくと、一カ月ほどして、最初に初子を尋ねてきた彫刻家から手紙が届いた。尾張徳川家の十九代当主義親氏の陶像を制作しないかという誘いであった。詳しくは義親氏が近々名古屋を訪れる際、同道して話したいとあった。

「東京も、まだまだ捨てたものじゃないやね」

初子は安藤と滋一の両弟子に手紙を見せ、上機嫌にそう言った。

「徳川様といえば大金持だ。この仕事がきまったらお前たちに正月用の着物を作ってやろう。お小遣いもあげようよ」

終章　粘土を下さい

雨に濡れた足が、鼻緒のゆるんだ下駄の上でしばしば滑った。

――帰りまで鼻緒がもってくれるといいのだが……。

初子は情けなさを噛みしめながら、これもすっかり濡れてしまった風呂敷包を、右手の傘と持ちかえた。風呂敷の中身は、安藤菊男の母親が届けてくれた西瓜である。一番成りの西瓜が手に入ったからと、その半割りを届けてくれたのだった。

西瓜は青也の好物だった。真夏になれば西瓜も安く手に入るのだが、梅雨の走りのこの時期にはまだ高価な果物である。初子はそれをさらに半割りにしてセロハンと風呂敷に包み、家を出てきた。入院している青也に西瓜を食べさせるためだ。

瀬戸電に乗る頃から降り出した雨は、名古屋市内を走るバスに乗り継ぐ頃から、横なぐりの吹き降りに移っていた。バスを降りても雨足は衰えず、したたかに足元を濡らした。

病院の建物がようやく目の前にひろがった。

——青さん、早くよくなって、また二人で仕事をしようよ。

痩せこけて、鼻梁の高さが異様に目につくようになった、青也の顔を思いうかべて、初子は祈るように心の中で呼びかけた。

青也が病床に伏したのは、昭和十二年の暮れであった。すでに弟子の安藤は新天地を求めて上京してゆき、内弟子の滋一もその年のなかばに瀬戸へ帰っていった。

そしてそれに合わせるように青也が倒れた。胸の苦しさを訴え、医者は精神肉体両面での安静を命じた。

それでも青也は薬を飲みながらも、気分のいい日は轆轤の前に座ったりしていた。しかし、雪を見るようになると急激に体力が衰え、蒲団の上に身を起こすだけで、肋骨の浮き出た胸を喘がせるようになった。

眠っているのか、目覚めているのか、目を閉じ、無言で仰臥した青也の枕元で、薬代とその日の米代を稼ぐため、初子もまた黙々とへらを動かす、という日がつづいた。

家事はおろか病人の介護もろくに出来ない初子が、汚れ物に埋もれて青也と共に飢え死せずに済んでいるのは、近所の女たちのおかげであった。葉茶屋のおかみや髪結いのおかみ、すでに師弟の縁の切れた安藤菊男の母親、あるいは林みつたちが交代で、二人の食事の世話や掃除に通ってくれているのだ。

青也を、生活困窮者の施療院東山寮へ入院させる手続きをとったのは、林みつであった。リューマチの手をなだめなだめて作る初子の陶彫だけでは、二人が食べるのが精一杯で、とても医者代までは手がまわらない。最初のうちは往診してくれていた医者も、払いがとどこおると現金に姿をみせなくなっていた。

「世間体が悪いとおっしゃるかもしれませんが、この際、背に腹はかえられません。思いきって施療院へ入れてあげて下さい」

と勧めるみつに、初子は世間体など考えたこともない、そういう施設があるのなら喜んで入れさせて貰う、と頭を下げたのだった。

守山の伝染病隔離病棟に勧めるみつの縁故が利いたのか、それとも曲りなりにも陶芸家という肩書が利いたのか、青也は本館二階の陽当りのいい部屋に寝かされていた。病状は良くもならなければ悪化もせず、膠着していた。ただ、痩せが一段と進んだ。

それでも青也は、初子が西瓜を細かく切って口にふくませてやると、嬉しそうに口を動かし、汁を吸った。

「おいしい？」

と初子が訊くと、目を細めて頷き、

「もう西瓜の出る季節か」

と呟いた。そして一口二口食べおわると、そのまま眠りはじめた。

初子が青也の生きている顔を見たのは、それが最後になった。その夜、青也の容態が急変して、知らせをうけた初子が東山寮へ駈けつけたときは、すでに五体は冷えきって硬直していた。

「よかったね、青さん。今年の西瓜が間に合って、よかったね」

初子はそう掻き口説きながら、青也の薄い胸に泣き崩れた。

昭和十四年六月上旬であった。

翌年正月、初子は青也の位牌と数本のへらと、それに小さな制作台を抱いて一人守山を去った。

御器所村で窯をひらいていた頃、青也に一年あまり茶陶を習っていた者が、岐阜県の中津川で父親の窯を継いでいた。初子が青也の死を知らせてやると、電気もない山深い田舎だが、よければしばらく滞在して、自分の仕事を見てもらいたいと返事がきたのである。青也のおかげで、また生きる場を与えられる喜びを抱いて、初子は汽車に乗った。

しかし中津川での生活は、あまりにも不便で貧しかった。麦めしやランプはまだしも、厠《かわや》に紙がなく、藁を代用にするような暮らしは、初子には堪えがたかった。そして体調を崩した。乳房の奥に鈍痛があり、押さえてみると痼《しこり》に触れた。

この際、東京へもどって医者に診てもらおう。そう決心して、初子は中津川を出た。東京へ着くとその足で病院へ向かった。診断は乳癌ということだった。初子は病名を月谷の本家へ知らせてやった。間もなく見舞人が来た。

お互いに月谷という血筋でつながっているだけの、見知らぬ同士が病室で対面し、その本家の者の情けで初子は手術をうけることができた。

しかし本家の情けもそこまでだった。回復した初子の受入れを本家は拒んだ。

行き場を失った初子は、旧い知友のあいだを転々としたあげく、昭和十七年の晩秋、再び愛知県へ舞いもどった。かつての弟子「忠助」が、後藤白童と号して守山に居を構えていると、人づてに聞いたのである。

三年半も面倒をみてやった忠助なら、昔の師匠の一人くらい世話をしてくれよう、と初子は安易に考えていた。

すでに十一月もなかばというのに、色褪せた単《ひとえ》の着物に羽織もなく、木綿風呂敷に包んだ制作台を背負って、ごめんなさいよと初子は後藤家の玄関に立った。あらわれたのは見知らぬ女だった。

「ああ、悪いけどね、あげられる物がないから勘弁しておくれ」

女はそう言って手を振った。初子を物乞いと見たらしかった。

「あんた、どなたさんか知らないけど、月谷が来たとご主人に伝えておくれ」

初子は羞じらいもせずに言った。女は息をのみ、目をみはった。

「月谷、さんって、あの月谷初子先生ですか」

「そうですよ」

「まあ、失礼しました。わたくし白童の家内のきさ子でございます。お噂は聞いておりましたが、まあ突然……」

きさ子が喋っているあいだに、様子を見にきたらしい白童が顔を出した。

「おや忠助、じゃない白童さん。お久しぶり。わたしゃ、もうどこにも行き場がなくなってしまってさ、しばらくこちらに置いておくれな」

初子の言葉のなかばに、初子と気づいた白童が不明瞭な言葉を発しながら、三和土へ飛び降りてきた。

優しい白童だった。彼に手を取られて、初子は部屋へ上がり、きさ子を通訳にして互いの来《こ》し方《かた》を語りあった。

昭和六年に初子のもとを去り、東京の木彫家に再入門した白童は、そこで木彫家として独立し、一年前に結婚して、現在は瀬栄陶磁器の原型師の職に就いていた。妻のきさ子も同社に事務員として勤務しているという。

道は木彫へ逸れても、結局は彫刻で食べているのだ。わたしのもとで修行したのが、役立ったじゃないかと初子は満足だった。

その白童の口利きで、初子は再び瀬栄陶磁器の原型師として職を得ることができた。ただし瀬栄に対して前科があった。ために社宅は与えられず、二部屋しかない白童の家に寄宿することになった。

白童夫妻は厭な顔もせず、一部屋を初子のためにあけ渡した。その部屋で初子は留守番かたがた仕事をするのである。

朝、白童が初子に挨拶をして出勤してゆくと、十分あまり遅れて、きさ子が二人分の弁当を携えて出勤してゆく。

初子はそのつど、いってらっしゃいときさ子を見送った。

昼になると、あわただしく弁当をすませたきさ子が、もどってきて、冷《ひや》めしを嫌う初子のためにご飯や汁を温め直す。一人居の寂しさから初子はそのときを心待ちにしていて、台所に立つきさ子へ身を擦り寄せてゆき、あれこれと話しかけるのだった。

しかし、そうした平穏も長くはつづかなかった。太平洋戦争たけなわの頃で、日用品はおろか米味噌も不足しがちななか、初子は次第に、白童夫妻のつつましい暮しに不平を鳴らすようになり、芸術家たる者は精一杯の贅沢をして、心身とも豊かでなければ、大きな花は咲かせられないと説教する始末だった。

そして、春とは名ばかりの底冷えのきついある朝、白童夫妻が出勤してゆくと、しばらくして初子は仕事を投げ出し、手甲をこすりながら台所へ出た。きさ子が出しなに火鉢に二つほど足していってくれた炭が、燃え尽きかけていた。それでなくても老いの身に寒さはこたえるのに、リューマチで右手の親指が変形してしまった手に、冷えこみは苦痛だった。

炭を捜して台所をガサゴソ掻きまわしているうちに、段ボールの箱が目についた。あけてみると満杯に近い炭であった。なんだ、こんなにあるじゃないかと、初子は北叟笑んだ。正直助かった心地だった。

段ボール箱から炭籠へ山盛りに炭を取ると、初子は部屋の箱火鉢へ遠慮なく継ぎ足した。部屋が温まると嬉しくなって、また炭を足した。ようやく仕事に集中できた。

どれほどかして玄関のあく音がした。と殆んど間を置かずきさ子の悲鳴が、初子の背後に走った。

「先生！　何したんですか」

それで初子も我にかえった。部屋中がキナ臭かった。火鉢の下でぶすぶすと煙があがっていた。

「まあ、火事だわ」

初子は驚いて立ちあがった。

「火事だわ、じゃないでしょ！」

叫びながらきさ子が台所へ走り、洗い桶に汲んできた水をぶちまけた。

火は小火《ぼや》ですんだものの、それ以来、白童夫妻と初子のあいだが怪しくなった。初子が白童に話しかけても、あいだに立つきさ子が通訳をしてくれない。きさ子自身、初子が呼びかけても知らんぷりをしたりする。

ここにも遂に居場所がなくなったことを、初子は感じた。出なければならないと思った。そして守山窯の頃に、何かと面倒をみてくれた女たちの顔を記憶に手繰り、林みつに縋ろうと考えた。

林みつはかつて、初子の守山窯のために虎の子の貯金を出してくれたばかりか、病んで薬代もままならない青也を、東山寮へ入寮させてくれた。しかも独り身だった。初子が転がりこんでも、なんとかしてくれそうな気がするのだった。

その年、昭和十八年夏、初子はきさ子からもらった浴衣を着て、林みつを訪ねた。

玄関にあらわれたみつは、豆電球の下に佇む初子をみると、一瞬息を呑んだ。はじめて白童宅を訪れたときと同様に木綿の風呂敷包を背負い、白髪を電灯にさらした初子は、しばらくのあいだにまた一段とやつれて、老いの色を深めていた。初子もそんな自分がわかっている。

——この姿では、幽霊とまちがわれたかもしれない。

初子はそう思って苦笑した。

「先生、本当に初子先生ですか」

と、みつは、ごくりと喉を鳴らして、言った。

ともかく部屋へ招じ入れられた。畳のところどころが擦り切れている部屋で、団扇を使いながら、初子は三年前に守山を去って以来のあれこれを語った。

「そういうわけでねぇ、みつさん。あなたの家に置いてもらえないかしら」

初子がそう言葉を結ぶと、みつはありありと狼狽の色をうかべて、黙りこんでしまった。みつが初子をかかえこめるほど裕福でないことは、ささくれた畳や、道具らしい道具とてない部屋のたたずまいからも窺われた。おそらく、伝染病棟付きの危険の大きい勤務だからこそ、古いながら家一軒を維持しているということだろう。

しかし、人の好いみつは結局厭とは言わなかった。言えなかった、というほうが的に近いだろう。かつて初子に乞われて、守山窯のために虎の子の貯金を差し出したように、また初子を見捨てられず、太くも若くもない腕にかかえこむことになった。

原型師の仕事も、みつが瀬栄陶磁器と交渉して、会社側が直接粘土をまわしてくれることになった。

みつの勤務は不規則だった。病棟内の状況によって帰宅が朝になったり、二十四時間勤務になることもあった。そのために初子は、一旦みつが出勤してしまうと、その帰宅時間を数えて、心細い時間を過さねばならなかった。食事は誰かが病院内の余りものを届けてくれたが、夜が更けてもみつが帰らないときなどは、風の音やものの気配に寝付かれず、玄関に座って朝を迎えることもあった。

そうして一年を過ぎる頃、初子は病んだ。以前から胃の重苦しさを感じていたところへ、突然吐血し、それ以来急速に食欲を失っていった。その年の秋の末には起きあがれなくなった。

それでも初子は、痛いとか苦しいという弱音を吐かなかった。間歇的《かんけつてき》に襲ってくる痛みに脂汗を流しながらも、堪えていた。痛い苦しいと言えば、この家から出て行かねばならないという恐怖が、歯をくいしばらせるのであった。

師走の風が雨戸を叩きつづける夜、初子は自分を呼ぶ声に眠りから引き出された。目をあけると、みつの顔があった。

「気持よさそうにお眠りでしたよ」

とみつは初子の額に軽く手を当てて、言った。

「はい、きょうは不思議に楽なんですよ」

初子がこたえると、みつは頷いて微笑み、それから何か思案気にまばたきすると、実はですねと口調を変えた。

「実は先生、うちでは充分な手当が出来ませんし、わたしも心配なので、前から東山寮に入寮の申し込みをしておきましたところ、ベッドが空いたと知らせがきました。どうなさいますか。入寮されますか」

みつが言い終わらないうちに、初子は無言で両掌を合わせた。感謝の意味だった。そして一方で、自分の死期がきたのを知った。

東山寮は、身寄りのない生活困窮者や、人生の旅路の果てに路傍に行き倒れた者などを、収容介護する施療院で、青也もそこで息を引きとった。その後初子は守山を去り、東京へもどりながら、また守山へ帰って、いま東山寮へ入寮するのも、そこにとどまっている青也の魂が、呼んでいるのかもしれないと思った。

その夜、再び眠りに落ちると、初子は夢を見た。遠い日の若々しい初子と青也が、花の咲き乱れる野を、走りまわってはしゃいでいた。そしてその二人を、もう一人の初子がどこかで見ていた。

あの二人は仕合わせだったのだろうか。人の世に逆らってまで二人の世界を貫いて、それでよかったのだろうか。もちろん、わたしは仕合わせだった。これでよかった。青さんを諦めて彫刻を取って、たとえ日本最初の女流彫刻家と謳われ、もてはやされたとて、彫刻界の頂点一つなど、ちっぽけな世界だ。きっと退屈してしまう。それより、愛しい人と手を取り合って、あちこち旅をして、辛いこともあったけれど退屈はしなかった。面白かった。いろんな人にも出会えて、味わうに足る人生を生きたと思う。

でも、青さんはどうだったのだろう。仕合わせだったのだろうか。越前の実家にも帰るに帰れない身となって、生涯このわたしの、土を彫る以外何もできない月谷初子の世話をして、それでよかったのだろうか。あの人の生きているあいだに、そのことを聞くべきだった。でもいいさ、あの世へ行ってからゆっくり聞くさ……。

翌日、初子はみつに見送られて、東山寮の迎えの車に乗った。相変わらず、制作台と十数本のへらを包んだ風呂敷包が、初子の唯一の身の廻り品であった。

「みつさん、見舞いにきて下さるときは、瀬栄で粘土を貰ってきてね。待ってますよ」

初子は細々とした声で、車の窓から訴えた。みつが泪ぐんで頷き、車は砂埃を巻いて去った。

あとがき

月谷初子は明治二年生まれの、日本最初の女流陶彫家である。明治という時代はこの初子のように、華やかで気骨のある女性をかずかず産み出している。たとえば、美術の世界を見てみると、初子の人生と似通うところのある上村松園がいる。松園は明治八年京都に生まれ、十三歳で京都府画学校に入学する。翌年には鈴木松年に入門して、このとき師の一字をとって松園という号を授っている。その後さらに幸野楳嶺、竹内栖鳳に師事し、やがて美人画の分野で、師をしのぐ地歩を築くのだが、彼女の描く女たちは絵空事の美女ではない。女の性《さが》や情念をなまなましく湛えて美しいのである。

なかでも、作品『焔』は、題材こそ、光源氏の愛を葵上と争って敗れた六条御息所に取ったと言われているが、報われぬ恋の炎に身を焼き、ついには生霊となって、恋敵を呪い殺すという女の悲恨があまりにも迫真的で、ここには松園自身の悲しい恋が浮き出しているのではないかと、憶測をよぶ。この松園と言い、十二歳で小倉惣次郎に入門して、洋風彫刻の道へ歩み出した月谷初子と言い、両者ともに尋常でない恋に捕われ悶えながら、自らの道を貫きとおしたこの強さは、どこからきているのだろう。

そのほか、この作品中にも名が出てくるラグーザお玉。日本最初の女優とうたわれた川上貞奴も明治の女である。あるいは報知新聞に入社して、日本の婦人記者第一号となった羽仁もと子。「元始、女性は太陽であった」という有名な言葉を残した、女流文芸雑誌『青踏』の主宰者平塚らいてう。はたまた、出征は男子の本懐という日清・日露の戦時色のなかで、出征中の弟を案じて「君死に給ふこと勿れ」とうたった与謝野晶子などなど。

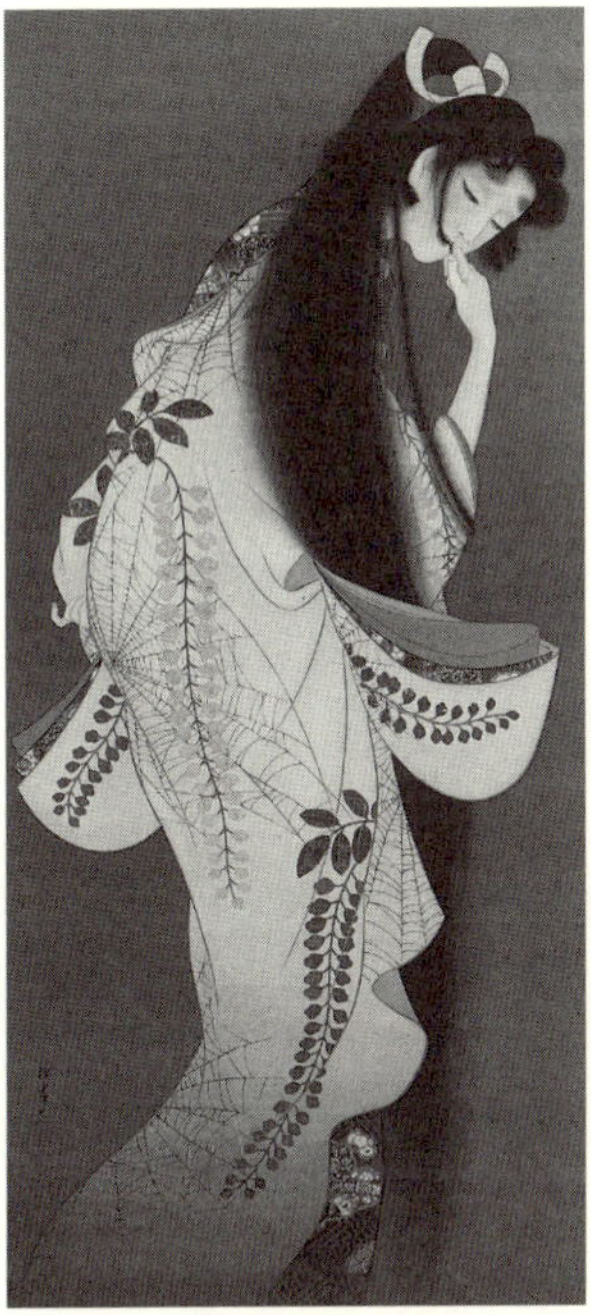
上村松園画「焔」

彼女たちの活躍した明治という時代は、ある意味で確かに夜明けの時代であった。特に前期は長い武家支配が終わって、旧い身分制度が崩れ、そこへ次々と西洋の文明が押し寄せてくる。文字通り新と旧がごった返していた。そのなかで人々は公然とものを言うようになり、男社会に抑えつけられてきた女たちも、自分たちも同じ人間であることを自覚し、声をあげはじめる。

だがそれは束の間。折角吹きはじめた新しい風とは裏はらに、国政の中央集権化や言論統制が進み、学校教科書の検定制、大日本帝国憲法の発布、教育勅語発布などによって、封建色は江戸期より厳しいものとなる。しかも女たちは新たに民法に設けられた、家長権なるものにも縛られることになった。一家の長が家族全員を統率支配する権限で、家長に当る男はしばしば、自分の妻子に対して専制君主的な力をふるって、女たちを抑えつけた。

それでも志を持った女たちはさまざまな抑圧をかいくぐって、ひたむきに自分の人生を生きたのだった。月谷初子にしても、洋風彫刻という、まだ社会に認知されていない世界に、女だてらにとびこんでゆき、しかも、ようやく彫刻界に月谷初子ありと認められるようになった矢先に、十歳も年下の若者への愛に殉じて、世俗の名利も未来も捨て去ってしまう。女が自立して生きるのは極めてむつかしい時代に、それは生易しい決意ではなかったはずである。

けれど初子はそれを恐れ気もなく、活き活きとやりとげてしまう。その勇気と純粋さに、筆者は明治の一時期に確かにあった、夜明けの輝きを感じるのである。良くも悪くもすべてが出来あがってしまって、閉塞状態にある現代では、そうはいかない気がするのである。そしてさらに言えば、晩年の我侭いっぱいの初子を支えた、心優しい野の人たち。彼や彼女たちもまた大方は明治の人たちだった。

最後に、『月の炎』の執筆に際して、大野哲夫氏の労作『名古屋の女流陶彫作家　忍焼月谷初子』をはじめ、荒木集成館ほか美術店の皆様方に沢山のご教示をいただきましたこと、またエヌヴイにじゅういち株式会社社長の榊原勉氏、風媒社の稲垣喜代志氏に多大のご支援を賜りましたこと感謝致します。

〔協　力〕
日本陶磁協会名古屋支部　財団法人・荒木集成館
〔作品提供〕（敬称略）
財団法人・荒木集成館　大野哲夫　桑原恭子　坪井省三　日本料理 志ら玉　渡辺義光
〔写真提供〕
東京国立博物館　愛知県陶磁資料館　坪井省三

本書は、エヌヴイにじゅういち株式会社の協力により刊行されたものです。

[著者紹介]
桑原恭子（くわはら・きょうこ）
1932年、名古屋生まれ。作品「裸の砂」が1965年上半期直木賞候補となる。1968年、「風のある日に」で作家賞受賞。「遊女風宴」（すばる掲載）などの佳作多数。
著書に『旅人われは－小説藤井達吉』（中日新聞社）『木霊たちの夏』『ちんじゃら風伝』『信長と梁山泊の強者たち』（ともに風媒社）『竜馬を創った男 河田小竜』（新人物往来社）『信長をめぐる七人の女』（共著・同）ほか。

月の炎 ── 女流陶芸の先駆・月谷初子

2000年7月31日　第1刷発行　（定価はカバーに表示してあります）

著　者　　桑原恭子
発行者　　稲垣喜代志

発行協力　エヌヴィにじゅういち株式会社
名古屋市瑞穂区駒場町5-4-2

発行所　名古屋市中区上前津2-9-14　久野ビル　風媒社
振替00880-5-5616　電話052-331-0008

乱丁・落丁本はお取り替えいたします。
ISBN4-8331-3123-4

＊印刷・製本／大阪書籍
装幀＝深井　猛